EL SECRETO DE RIBBY

Cathy McGough

Stratford Living Publishing

LO QUE DICEN LOS LECTORES...

ESTADOS UNIDOS:

"Toda la historia es dulce a veces, pero la mayor parte del tiempo es terrorífica. La autora tiene una forma interesante de contar una historia e hizo que este libro fuera muy entretenido."

"Al igual que Bernheimer, el estilo narrativo de McGough puede no ser para todo el mundo. Hay que suspender bastante la incredulidad para aceptar la presencia de Angela y varios acontecimientos y situaciones de la trama. Creo que el esfuerzo merece la pena. Estoy deseando explorar más obras de este autor".

"Una lectura agradable e inquietante que cumplió la promesa de ser un thriller psicológico doméstico".

"Un thriller oscuro y psicológico que te tendrá sentado al borde del asiento y te negarás a dejarlo hasta que llegues al final".

"¡Wow! ¡Qué viaje ha sido éste! La forma en que se cuenta esta historia te dejará preguntándote qué te acaba de pasar".

"Es una historia de terror para mujeres psicópatas, contada con humor seco".

REINO UNIDO:

"Ribby guarda muchos secretos. Una historia encantadora pero triste".

"El secreto de Ribby es una historia interesante y amena, aunque inquietante a muchos niveles, y merece la pena leerla".

"Bien escrito, con personajes convincentes y un viaje intrigante".

ÍNDICE DE CONTENIDOS

"Mis secretos gritan en voz alta.

No necesito la lengua.

Mi corazón mantiene la casa abierta,

mis puertas están ampliamente abiertas".

Theodore Roethke

Para los amigos imaginarios y quienes los necesitan

POEMA

Espejo,
me reflejas
yo con la redundancia
Escrita por todo
sobre mí
Es carne
incertidumbre coloreada.
Espejo,
Te burlas
la perfección
Con este refrenado
reflejo
Y el
resultado es siempre el mismo
En tu
marco: Yo permanezco inmutable.
Escrito
entre líneas
Disfrazado

poéticamente
Ineludible
presenta
Fluyen
inarmónicamente.
Espejo: I
adhiero a lo que veo
Porque yo soy
tú, hasta la médula
Pero a veces
reflejo
desearía
me pareciera a ti.

Prólogo

CUANDO SE ABALANZÓ SOBRE ella, la llave que sostenía se le clavó en la cuenca del ojo. Él gritó y luego gimió cuando su ingle chocó con la rodilla de ella. Ella se encogió al oír el sonido de aplastamiento cuando le sacó la llave del ojo. Mientras la sangre le corría por la cara, sollozaba y rodaba sujetándose la zona inguinal. Le clavó la llave en el cuello, tocando una arteria. La sangre brotó como el agua de la manguera de un bombero.

Se alejó unos pasos del cadáver y sumergió los dedos de los pies en el agua. De vez en cuando le echaba un vistazo. Hasta que dejó de moverse. Volvió atrás y escuchó para ver si estaba muerto: lo estaba. Por fin. Lo hizo rodar, como un saco de patatas, cada vez más profundamente en el agua. Con cada empujón, el cadáver parecía cada vez más ligero.

Arquímedes tenía razón.

Cuando estuvo tan lejos como pudo, nadó de vuelta a la orilla, recogió su ropa y se vistió de nuevo.

Dejó sus cosas donde las había dejado.

Cuando el sol del nuevo día tiñó el cielo de un rojo ardiente, volvió al agua.

Recorrió la orilla y no vio ni rastro de él. Sumergió la llave en el agua para quitarse la sangre y se fue a casa. Tras una larga ducha, durmió como un bebé.

Capítulo 1

ÉSTA ES LA HISTORIA de una mujer que era demasiado buena para su propio bien: hasta que dejó de serlo.

El día de Ribby Balustrade empezaba siempre igual: su madre la amenazaba con darle de desayunar a su perro lobo Scamp si no se daba prisa.

Ribby, cuyo vestuario se limitaba a las prendas usadas de su madre, se ponía el muumuu floreado sobre la cabeza, se calzaba las sandalias de Jesús y se cepillaba el pelo, lo que no le llevaba mucho tiempo. Aun así, rara vez llegaba a tiempo.

Martha Balustrade no era el tipo de madre que se ciñera a un horario concreto. Se preparaba el desayuno. Qué y cuándo, se decidía el día.

El ganador de esta interminable debacle en la cocina era Scamp.

"Está bien, de todos modos no tengo hambre", mintió Ribby, mientras le daba una palmadita en la frente al perro, y salía de casa.

Ribby no se detuvo en estos sucesos, su propio Día de la Marmota. En lugar de eso, se apresuró a atravesar el parque hasta la calle principal.

La parada de autobús apestaba a orina y café. En un día como hoy, se alegraba de no haber desayunado, pues incluso ahora el hedor le provocaba arcadas. Estaba impaciente por ir a trabajar a la biblioteca.

Cuando llegó el autobús, mostró su tarjeta Presto y se dirigió a su asiento habitual en la parte trasera. Le rugió el estómago mientras el autobús avanzaba, deteniéndose de vez en cuando para tomar nuevos pasajeros. Al llegar al centro de Toronto, bajó del autobús y se apresuró a entrar en la tienda de la esquina para comprar una chocolatina y dirigirse a la biblioteca.

Ribby se enorgullecía de no llegar nunca tarde. No se podía llegar tarde si se trabajaba en una biblioteca. Si lo hacías, tenías hordas de clientes impacientes atascando la entrada. Y así fue cuando entró y vio la cola excepcionalmente larga, con el Sr. Filchard a la cabeza.

"Buenos días, Sr. Filchard. ¿En qué puedo ayudarle?"

"Buenos días, querido Ribby. Oh, ¿qué haría yo sin ti? Todos los demás están siempre tan ocupados, ocupados, ocupados—pero tú, tú querida, siempre sacas tiempo para ayudar a un anciano".

"Sólo hago mi trabajo", dijo Ribby. "A ver, ¿qué buscas hoy?".

"¿Podrías acercarte, por favor? Es un libro bastante grosero: Trópico de Cáncer. ¿Lo conoces?"

"Sí, Sr. Filchard. Es un clásico".

"¿Lo es? He oído que tiene, oh, no importa; si es un clásico entonces ya no necesito susurrar, ¿verdad?".

No, hay libros mucho más controvertidos", sonrió, recordando el revuelo que se montó con "Cincuenta sombras de tonterías".

"El problema es, querida, que no tengo ni idea de quién lo escribió. Ya me conoces, soy de la Edad Media y no sé usar esos malditos ordenadores". Se echó a reír. "¿Serías tan amable de buscarlo por mí?".

"Está escrito por Henry Miller", dijo ella mientras hacía clic en la base de datos. "Sí, está disponible justo arriba, en el pasillo de ficción".

"Primero echaré un vistazo. Henry Miller, dices. Nunca he oído hablar de él".

"A decir verdad, no me impresionó mucho cuando lo leí. Los críticos y reseñadores pensaban que era brillante en su época. Hay algunas partes groseras".

"Gracias, Ribby. Que tengas un buen día".

"De nada", dijo ella mientras él se marchaba tambaleándose.

Ella sola atendió a los demás clientes que esperaban. Cuando terminó de atender al último, recogió el mostrador.

Ahora que todo estaba tranquilo, Ribby se preparó una taza de café y volvió a su despacho. De regreso, se detuvo un momento para escuchar el ruido del agua. El arquitecto de la biblioteca, al utilizar la fuente para enmascarar los ruidos externos, había sido incitador. Algunas ciudades estaban cerrando sus bibliotecas, pero Toronto era diferente. El propio edificio era un superviviente. Ni siquiera los saqueos tras la Guerra de 1812 quebraron su espíritu.

Tomó un sorbo de café y se detuvo un momento, echando un vistazo a las escaleras. Parecían geniales, con la gente subiendo y bajando, pero el ascensor era muy útil cuando se necesitaba.

En la escalera de arriba, vio que el Sr. Filchard bajaba. Casi al final, tenía una mano en el libro y la otra en el carné de la biblioteca. Se detuvo y le esperó. Estaba un poco sin aliento.

"La próxima vez cogeré el ascensor", dijo el Sr. Filchard.

Se dirigieron al mostrador de ayuda, donde Ribby selló su carné.

"¡Viejo verde!" susurró Amanda, una compañera de trabajo, al salir del edificio. "Me pone los pelos de punta".

Ribby ignoró sus comentarios. Cogió un montón de libros, los metió en un carrito, lo empujó hasta el ascensor y subió a la tercera planta. Pasó de estantería en estantería archivando. Mientras volvía a archivar un libro cerca de la ventana, un destello procedente del otro lado de la calle llamó su atención. Un joven de unos veinte años, vestido de vaqueros de pies a cabeza, caminaba hacia ella. La luz del sol reflejaba los aros de su nariz y las cadenas que los sujetaban a sus orejas.

Ribby siguió observándolo mientras subía las escaleras. Curiosa, se apresuró a bajar a la planta principal.

La mera idea de servirle le aceleraba el corazón. Nunca había estado tan cerca de un tipo que tuviera tantos agujeros en la cabeza. Ribby estaba seguro de que otros tenían agujeros disimulados—heridas emocionales ocultas en lo más profundo. Como Vincent Van Gogh, que utilizaba su dolor para expresar emociones. El concepto de utilizar tu cuerpo como arte la asustaba e intrigaba a la vez.

Llegó de nuevo al escritorio, observándole. Se quedó de pie en la entrada, como un niño perdido. Se preguntó cómo sería su voz.

Se colocó detrás de la Sección de Adquisiciones, donde se ordenó. Él no se había movido ni un milímetro. Tosió y se colocó bajo el cartel de Ayuda/Información. Sus miradas se cruzaron.

"¿Puedo ayudar?" preguntó Ribby con las mejillas sonrojadas y las palmas de las manos sudorosas.

"Sí, bueno, eso espero", dijo con voz fuerte.

"Por favor, habla más bajo", dijo ella.

"Vale, lo siento. Estoy buscando un libro, pero no sé cómo se llama".

"¿Sabes quién lo escribió?"

"No."

"¿Puedes decirme de qué trata el libro?"

"Sí, sí, eso sí lo sé, eso sí lo sé seguro. Trata del futuro. Cuando el tipo lo escribió, era su futuro. Para nosotros, es nuestro pasado. En él aparece el Gran

Hermano. No el programa de televisión, sino otro tipo de Gran Hermano". Se rió de la forma tan inteligente en que había unido el pasado y el presente. Ribby también se rió.

"Ah, ¿te refieres a 1984, de George Orwell?".

"Sí, suena bien. Orwell. Excelente. ¿Ya está?"

"Un momento, por favor", dijo Ribby mientras lo tecleaba en el ordenador. Estaba dentro y Ribby fue a buscarlo. El joven la siguió.

Cuando tuvo el libro en la mano, volvieron a la recepción. Ribby confirmó que tenía la identificación necesaria y le expidió el carné de la biblioteca.

Una vez completada la transacción, metió el carné en su raída cartera. Dio las gracias a Ribby y se encaminó hacia la salida. Los vaqueros rotos le quedaban caídos, como el estado de ánimo de Ribby.

✳✳✳

TERMINADO POR FIN EL turno, Ribby salió corriendo del edificio. Todos los lunes, Ribby trabajaba como voluntaria en el hospital infantil. Bailaba y cantaba. Hacía todo lo que podía para levantarles el ánimo. Adoraba a los niños, y ellos parecían corresponderle. Cada semana elegía a un niño para que fuera el centro de atención. Hoy le tocaba a Mikey Landers y no debía llegar tarde.

En la mano izquierda, Ribby llevaba su bolsa mágica. Los niños siempre se emocionaban cuando les dejaba meter la mano en ella. Dentro había disfraces, instrumentos musicales, pintura facial, globos, baratijas y maquillaje.

Cuando por fin llegó a la sala infantil, entró de un salto en la habitación de Mikey. Sus padres estaban sentados, uno a cada lado de la cama, agarrando las manos de su hijo en un montón de dedos y palmas. Se enjugaban las lágrimas con las manos libres. Mikey estaba dormido, así que se marchó en silencio.

Ribby intentó no pensar en la tristeza que flotaba en el aire de la habitación de Mikey. Mikey y su familia habían pasado por tantas cosas.

Lo apartó, al fondo de su mente. El papel de Ribby era animar a los niños y a sus familias. La estarían esperando. Puso su cara más feliz.

Billy y Janie Freeman lanzaron un grito cuando vieron que Ribby se acercaba por el pasillo. "¡Ya está aquí! Ya está aquí!", gritaron. Una oleada de júbilo llenó el pasillo. Los niños y sus familias formaron un círculo a su alrededor en la Sala Común.

Ribby cantó un número de composición propia titulado Salta como un caribú y tocó el kazoo en los momentos oportunos:

JUMP JUMP JUMP
¡COMO UN CARIBÚ!

Ribby puso en marcha un tren y los niños que podían andar se colocaron detrás de ella.

SALTA
COMO UN CARIBU

El viejo tren terminó y Ribby formó una fila con los niños que iban en silla de ruedas o con muletas. Los niños cantaban, saludaban o zapateaban. Cualquier acción que les ayudara a meterse en la canción y hacer ruido.

SALTA SALTA SALTA
¡COMO UN CARIBÚ!

Cuando terminó la canción, gritaron: "¡Otra vez! Otra vez!"

La canción era familiar para los niños, ya que Ribby la cantaba a menudo utilizando distintos animales, como el canguro, la cacatúa, el cacapú, e incluso tenía una versión que incluía una visita al zoo.

Ribby hizo una reverencia y pasó directamente a otra melodía. Le gustaba mezclar las cosas. Mantenerlos adivinando. Cuando la energía de la sala decayó, cambió de rumbo y pidió que le pidieran formas de globos. Cantó mientras tiraba y retorcía los globos para darles forma de animales. La petición más popular fue la de una madre caribú y su cría, lo que la mantuvo ocupada porque era una tarea difícil.

Los niños que querían globos ya los tenían y era hora de que Ribby se fuera. Empezó a hacer la maleta, justo cuando Mikey Landers entró rasgueando las ruedas de su silla. Su madre iba detrás de él y le costaba alcanzarle. Mikey estaba enfadado, ella se dio cuenta enseguida. Se acercó a él, ofreciéndole un globo de animal con la mano extendida.

"¡Casi te pierdo, Ribby! Deberías haberme despertado. ¡Prometiste hacer tu número desde mi habitación esta semana! Era mi turno!" Las lágrimas cayeron por sus mejillas mientras se cruzaba de brazos y rechazaba su ofrenda de paz.

Bajando la mano, se arrodilló para quedar a su altura y le dijo: "Lo siento, campeón. Me alegro mucho de verte levantado" —miró a sus padres— "pero estabas dormitando cuando pasé por allí, chaval. Sé cuánto necesitas tu sueño reparador. Eres el primero de la lista para la semana que viene, ¿vale?".

"¿Lo prometes?" Descruzó los brazos.

"Te lo juro y espero morir". Ribby deseó poder retirar aquellas palabras y tragárselas. Si fuera posible cambiar su vida por la de él, lo habría hecho allí mismo sin dudarlo.

Mikey no se había dado cuenta del paso en falso, y finalmente alargó la mano y aceptó su regalo.

Después de entregárselo, Ribby se despidió. Al salir de la habitación, le dijo: "¡Hasta la semana que viene, Rugrats!".

Ribby contuvo las lágrimas hasta que salió del edificio. Como no tenía pañuelos, utilizó su manga. Cuando llegó a la parada del autobús había conseguido calmarse.

Cada semana se prometía a sí misma que no lloraría. Los niños deberían estar jugando, divirtiéndose. No deberían tener que preocuparse por estar enfermos o morir. Si podía quitarles ese dolor... Aunque sólo fuera por un rato, merecía la pena subirse a la montaña rusa emocional.

✳✳✳

EL AUTOBÚS NO LLEGARÍA hasta dentro de quince minutos. Se apresuró a ir a la tienda de la esquina en respuesta a los gruñidos de su estómago. ¿Salado o dulce? pensó. Detrás del mostrador vio un surtido de cigarrillos. Curiosa, pidió un paquete.

"¿De qué tipo, señora?

Miró los nombres. "Cools", dijo.

"¿Ya tienes mechero?", preguntó el dependiente. Sin esperar respuesta, colocó un paquete de cerillas encima de los Cools. "Las cerillas corren por cuenta de la casa", dijo mientras Ribby le entregaba el dinero. Le devolvió el cambio.

La repentina sonrisa del dependiente, que parecía una mueca, la molestó. Salió corriendo de allí. De vuelta a la parada, abrió el paquete de cigarrillos y encendió uno. Inhaló profundamente, como una actriz interpretando un papel. Parecía tan fácil en las películas. En realidad era difícil no vomitar. Tras la primera calada, expulsó el humo y se sintió relajada.

Cuando llegó el autobús, metió el paquete en el bolso y ocupó su asiento habitual en la parte de atrás.

Pensó en lo travieso que sería fumarse un cigarrillo en el autobús de Stan el Hombre.

Stan el Hombre era un poco nazi y un conocido matón. Ella misma lo había visto. Gritaba a los niños por poner los pies en los asientos. Arrojándolos del autobús en pleno frío, como si hubieran cometido un asesinato o algo así.

Una vez, una ancianita llevaba las maletas ocupando el asiento de al lado. Le exigió que las quitara, aunque nadie necesitaba ese asiento. Cuando ella no accedió, la arrojó del autobús.

Ribby aún recordaba su cara de ciruela mirando hacia arriba cuando el autobús empezó a alejarse. La mujer había levantado el dedo corazón todo lo alto que su pequeño cuerpo podía ponerlo y había gritado: "¡Que te jodan!".

Ribby había quedado tan conmocionada por el incidente que, desde aquel día, siempre se sentaba en la parte trasera del autobús. Allí podía ser invisible. Podía observar como una mosca en la pared sin llamar la atención. No quería hacer nada que enfadara a Stan el Hombre.

Pero Stan no podía verlo todo. Como el hombre que se hurgaba la nariz y se la limpiaba en el asiento. Ella lo vio, pero Stan no. Ribby se rió. Stan el Hombre la miró por el retrovisor. Ella dejó de reírse. ¿Hasta qué punto era segura la habilidad de Stan al volante? Obsesionado con sus pasajeros, es un milagro que no tuviera un accidente.

Ribby metió la mano en el bolso. Pensó en sacar un cigarrillo. ¿Se daría cuenta Stan? ¿La echaría del autobús? Estaba oscuro, y la casa estaba demasiado lejos para ir andando. Cerró el bolso. Se concentró en las estrellas de la ventana.

Cuando llegó a casa, abrió la puerta de un tirón y enseguida se oyeron risas en la cocina. Su madre solía recibir visitas de caballeros. Aquella noche no era diferente.

Tom Mitchell estaba sentado frente a su madre. Ribby asintió en dirección a Tom. Sintió que los ojos de Tom la desnudaban. Siempre la miraba así. A su madre no parecía importarle.

"Hola, Ribby", dijo Tom. "Me alegro de volver a verte".

Ribby cerró el grifo, respiró hondo y se encaró a la mesa.

Su madre esperó una respuesta.

Igual que Tom.

"Pues bien", dijo Tom mientras se levantaba. "Será mejor que me vaya, Martha. Me ha encantado verte, como siempre". Echó la silla hacia atrás e inclinó la gorra de béisbol en dirección a ella.

Tom dio un paso hacia Ribby. "Y tú también, Ribby, aunque te creas demasiado poderoso para saludar al pretendiente de tu madre, me caes muy bien".

La madre de Ribby se echó a reír, una carcajada sonora y baja. "Oh Tom, nuestra Ribby tiene miedo de su propia sombra. No te preocupes. Seguro que tú también le gustas". Se volvió hacia su hija. "¿Verdad, Ribby? Siempre te gustan mis criados".

Ribby engulló el vaso de agua. Metió la mano en el bolso y tocó el paquete de tabaco. Conocer un secreto le daba una sensación de poder. Entró en el salón.

Tom y Martha cuchicheaban en la entrada mientras ella hojeaba una revista. Pronto se cansó de los titulares escandalosos, cogió el mando de la televisión y cambió de canal. La puerta principal se cerró de golpe.

"Ojalá fueras más amable con mis amigos", dijo Martha mientras se tumbaba en el sofá. "Al fin y al cabo, necesitamos amigos en esta vida, y Tom siempre ha sido bueno con nosotros".

"¿Qué hay para cenar, mamá?".

"He tenido compañía toda la tarde. No hay tiempo para hacer la cena, hija, y me muero de hambre", Martha se relamió. "Absolutamente, total y malditamente hambrienta".

"Pidamos entonces", dijo Ribby. "Podemos pedir Arroz Frito Especial, unos Rollitos de Huevo y Pollo al Limón para compartir".

"Sí, por mí, de acuerdo", dijo Martha, arrebatando el parpadeo del televisor de la mano de Ribby. Señaló y chasqueó, rápida y furiosa.

"Iré a casa de la señora Engle y llamaré".

"Hazlo, hija, hazlo", dijo Martha mientras se servía un vaso de whisky. Le echó un poco de soda. Metió la mano en la mininevera y sacó la cubitera. Puso dos cubitos, bebió un sorbo y suspiró.

Cuando Ribby regresó, Martha le dijo "Eres una buena hija, la mayor parte del tiempo". Martha bebió otro trago más largo. "Nos quedaríamos sin casa sin tu sueldo para pagar la hipoteca y poner comida en la mesa". Martha agitó la bebida con el dedo. Los cubitos de hielo tintinearon contra el vaso.

Ribby se inquietó un poco. Esta conversación siempre la hacía sentirse incómoda.

Cuando empezaron los anuncios, Martha preguntó: "¿Alguna señal ya de la comida? El whisky me está royendo la barriga".

"Ha dicho treinta minutos, mamá".

"¡Treinta minutos, por Dios, treinta minutos es demasiado tiempo para esperar por un poco de arroz!". Martha golpeó con el puño izquierdo el brazo de la silla. Su brazo derecho permaneció en alto para preservar la santidad de su vaso de whisky.

"No puedo cancelarlo ahora. No te muevas y sigue tu programa, que llegará antes de que te des cuenta".

Martha se afanó en la barra añadiendo más whisky y hielo. De vuelta en el sofá, se resignó a esperar la cena.

Al menos no tenía que cantar, pensó Ribby con una sonrisa irónica.

MARTHA HOJEÓ LOS CANALES. Ribby esperaba al repartidor en la entrada.

Metió la mano en el bolso y sacó un cigarrillo. Se lo puso sin encender entre los labios y miró su reflejo en el espejo. Si su pelo no fuera tan neutro y su tez tan desteñida, podría parecer sofisticada. Tal vez.

Sobresaltada cuando sonó el timbre, casi se le cae el cigarro.

Martha gritó: "¡Cógelo, Ribby!".

Metió el cigarrillo en el bolso.

Bing-bong otra vez.

¿"Hija"? ¡Hija! ¿Estás ahí?"

"Sí, mamá, voy a por el dinero". Abrió la puerta.

"Buenas noches", dijo el repartidor.

Él no la reconoció, pero ella a él sí. El tipo de la biblioteca con piercings y tatuajes.

"Son 32,50 $", dijo.

Ribby le entregó 35 dólares. Parecía diferente de pie en su porche. "Quédate el cambio", dijo mientras cerraba la puerta pensando aún en él.

"¡Debe de hacer frío, Rib!" dijo Martha, arrancándole el bolso de la mano y dirigiéndose a la cocina.

Ribby volvió a colgar el bolso en el gancho, anotándose mentalmente que lo llevaría arriba cuando se fuera a la cama. No quería que Martha encontrara los cigarrillos.

De vuelta al salón, cenaron en las bandejas de la tele. Empezó el programa de juegos favorito, ¡Jeopardy!

Ribby y Martha tenían una rivalidad cada vez que lo veían. El que supiera primero la respuesta, la gritaba.

"¿Qué es Nueva York?", gritaba Ribby.

"¡Qué es Los Ángeles!" gritó Martha. Se había equivocado.

"Te lo dije", dijo Ribby. "Todo el mundo lo sabe, madre".

Martha estiró el brazo por encima de la mesa y golpeó a su hija en la cara. El golpe fue tan fuerte que la bandeja del televisor y su contenido salieron volando. La silla de Ribby volcó hacia atrás y su cabeza golpeó la mesita con un ruido sordo. Luego golpeó el suelo con un ruido sordo.

"Eso te enseñará -dijo Martha- por faltar al respeto. Ésta es mi casa. Quién eres tú para decirme si me equivoco o no".

"Pero mamá", susurró Ribby. "Dijo..."

"Me importa un bledo lo que haya dicho. Ahora me voy a la cama. Prepárame una taza de té—lo de siempre— y súbela".

"De acuerdo, mamá", dijo Ribby.

Ribby fue a la zona del bar. Cogió la botella, fue a la cocina y puso la tetera a hervir. Puso una bolsita de té en una taza y vertió el agua caliente hasta la cuarta parte. Cuando el té estuvo infusionado, añadió media taza de Bourbon y dos cucharaditas de azúcar.

Al subir las escaleras, decidió hacer algo poco propio de Ribby.

Movió la lengua dentro de la boca, acumulando saliva y dejándola salpicar en las mejillas. Cuando tuvo suficiente, escupió en la taza de su madre.

La observó en la superficie y la removió antes de dejarla sobre la mesilla de noche. Sonrió mientras bajaba la sábana de arriba y luego las mantas, como hacía todas las noches.

Marta salió del cuarto de baño. "A veces eres una buena hija".

Ribby no dijo nada. Ayudó a su madre a quitarse la ropa y a ponerse el camisón. Su madre tenía los pies fríos. Ribby se los masajeó con un poco de aceite antes de deslizar las zapatillas sobre su carne envejecida.

Al salir, Ribby miró hacia atrás por encima del hombro. Martha bebió un sorbo de té adulterado y suspiró.

Ribby contuvo la risa hasta que estuvo en su habitación.

Entonces se rió tan fuerte que tuvo que amortiguar el sonido con la almohada.

Capítulo 2

C UANDO SE DESPERTÓ, RIBBY se incorporó y pensó en la noche anterior. Se echó a reír al oír a su madre dando pisotones por debajo, como era su rutina habitual.

"El desayuno estará listo dentro de diez minutos", dijo Martha.

Ribby consiguió bloquear la mayor parte. Lo mismo de siempre. Lo mismo de siempre.

"No tengo hambre, mamá", gritó Ribby, cepillándose el pelo. "Además, hoy tengo que ir a trabajar temprano".

Ribby escuchó cómo su madre la maldecía. Se pasó el cepillo por el pelo y se detuvo de repente cuando sonó una carcajada en el piso de abajo. Aquella risa era inquietante. Martha rara vez se reía por las mañanas, a menos que viniera uno de sus criados.

"Nos vemos, mamá. dijo Ribby mientras rodeaba la cocina y se dirigía directamente a la puerta. Una vez fuera, vio una furgoneta con un hombre dentro, sentado y esperando. En el lateral de la furgoneta se leía el nombre del negocio: Áticos-R-Us.

La palabra desván le hizo recordar la última vez que había subido allí. Sólo pensarlo la hizo estremecerse y temblar. Neutralizó el recuerdo, encerrándolo con llave en la biblioteca de su imaginación.

Se dirigió hacia la parada de autobús. Llegó justo a tiempo. Subió a bordo y miró por la ventanilla mientras el mundo pasaba borroso a su lado. Le rugió el estómago. Cada vez tenía más hambre. Ignoró las punzadas, quería ahorrar hasta el último céntimo para ir al centro comercial. Hoy iba a darse un capricho.

Abrió el bolso. Sólo oler el tabaco le calmó el estómago.

En el trabajo, se colgó el abrigo y se aseguró el bolso.

Aunque sus compañeros estaban en sus puestos, nadie ayudaba a los clientes que esperaban.

Ribby era la ayudante de bibliotecaria con más antigüedad y, sin embargo, carecía de autoridad.

Una vez más, Ribby atendió sola a los clientes que esperaban. La bibliotecaria jefe, la Sra. P. Wilkinson, no pareció darse cuenta.

Durante la pausa para comer, Ribby preguntó a sus compañeras dónde compraban la ropa. La mayoría les recomendó los grandes almacenes del centro comercial, que ofrecían marcas de calidad a precios asequibles.

Ribby estaba cada vez más emocionada ahora que sabía dónde iba de compras. Estaba impaciente por hacer algo que nunca había hecho antes.

Ribby Balustrade iba a comprarse un vestido nuevo.

E N LOS GRANDES ALMACENES, *Ribby se quedó un momento fuera y miró por las ventanas. Los ruidos de coches, autobuses y tranvías resonaban alrededor de los edificios. Un músico callejero cerca de la entrada empezó a rasguear y vocalizar. Empezó a juntarse una multitud, empujándose, algunos llevaban bebidas calientes y fumaban cigarrillos. Había tanto ruido y tanta gente que lo único que quería era entrar. Adentro, en la tranquilidad.*

Entró por las puertas giratorias y, durante un segundo, reinó el silencio. Entonces su compartimento se abrió de golpe y ella salió a otro tipo de caos. Clientes empuñando bolsas, yendo y viniendo. Y era grande, de muchos pisos. Varias personas llenaban las escaleras mecánicas que subían y bajaban. Los olores a comida frita, palomitas y donuts endulzaban el aire provocando una sobrecarga sensorial.

"¿Puedo ayudarle?", preguntó una señora en el mostrador de información.

"Sí, Ropa de Mujer, por favor".

"Tercera planta", dijo.

Había silencio en la escalera mecánica. Los viajeros miraban sus teléfonos. Se agarró a la barandilla.

Cuando llegó a la tercera planta, lo vio: el vestido de sus sueños. Un pequeño número negro, como lo llamaban las revistas de la biblioteca, perfecto para cócteles nocturnos y acontecimientos especiales. Lo miró, pensando en las palabras de una película relacionada con el béisbol. Sonrió, cambiando las palabras por: "Si lo compras, llegarán ocasiones para ponértelo".

"¿Puedo ayudarle?", preguntó una mujer con un traje elegante.

"Sí, sí puedes. Quiero darme un capricho. He pensado que un vestido negro, algo fácil de llevar y de cuidar, me vendría bien. Me encanta el del maniquí de ahí arriba. Si lo tienes de mi talla, me gustaría probármelo".

"Excelente elección", dijo la mujer. "A ver, ¿qué talla tienes? ¿La doce? ¿Catorce?"

"No, no lo sé".

"Eres un doce. Normalmente soy bastante bueno adivinando, pero por si acaso, coge un diez, un doce y un catorce", sugirió el dependiente. "Ah, y necesitarás un par de zapatos negros, para rematar el look. ¿Eres de la talla siete?".

Sorprendido, Ribby respondió: "Estos zapatos son de la talla siete".

"Perfecto entonces. No tengas miedo de salir cuando estés lista. Sé lo difícil que puede ser ir de compras sola".

"Lo haré, gracias", dijo Ribby mientras cerraba la puerta del vestidor.

Rodeada de espejos, Ribby pudo verse a sí misma desde todos los ángulos por primera vez mientras el soso vestido de Martha caía al suelo.

Ribby se probó el vestido de la talla doce. Con su escote y sus pliegues en las caderas y la cintura, acentuaba realmente su figura. Ya sabía que quería comprarlo, pero quería tener una segunda opinión. Salió del probador.

"¡Vaya!", exclamó el dependiente. "¡Estás estupenda! Pero déjame hacer una cosa".

El dependiente desapareció por la esquina, pero volvió al cabo de unos segundos. "Deja que te ponga esto en el pelo y estas perlas de imitación alrededor del cuello. Te juro que parecerás un millón de dólares".

"¡Qué glamour!" Ribby apenas se reconocía.

"¡Estás sensacional!"

"Me gustaría probarme un par de conjuntos más". Se acercó a un perchero y eligió un traje rojo de dos piezas, una blusa y unos pantalones. Volvió al probador. El traje le quedaba de maravilla, con su chaqueta de corte limpio y la falda a juego, y los zapatos que se probó con el vestido combinaban a la perfección. La blusa le quedaba mejor quitada que puesta y los pantalones llamaban demasiado la atención sobre su trasero.

"Me llevo el traje, el vestido, los zapatos y las perlas", dijo Ribby. "¿Cuánto cuestan? Me olvidé de mirar".

El dependiente lo sumó todo. "El coste total antes de impuestos es de 760,00 dólares. ¿Será en efectivo o a crédito?"

"Oh, es más de lo que esperaba", confesó Ribby.

"No te preocupes, ¿por qué no te llevas el vestido hoy y vuelves más tarde a por los zapatos y los accesorios? O puedes solicitar crédito en la tienda. Verificaré que reúnes los requisitos y entonces podrás obtener crédito al instante".

"¿Puedo?" preguntó Ribby. "¡Sería de gran ayuda!"

El dependiente le hizo unas preguntas a Ribby y obtuvo la tarjeta de crédito. Compró el lote. El dependiente lo empaquetó todo.

"Muchísimas gracias. Ha sido maravilloso".

"De nada".

Ribby lo celebró con una taza de café y, como estaba anocheciendo, se dirigió a la parada del autobús. Por el camino, se fumó un cigarrillo.

La furgoneta de Attics-R-Us seguía aparcada delante de su casa cuando dobló la esquina.

Una vez dentro, Ribby entró en la cocina. Tras la puerta cerrada, llegaron a sus oídos sonidos familiares de hacer el amor. No era la primera vez que volvía a casa y se encontraba a su madre con uno de sus pretendientes. ¿El tipo de Attics-R-Us aquí todo el día? Ewwww. Ribby se retiró escaleras arriba.

En su habitación, Ribby compartimentó el incidente del piso de abajo. No dejaría que le estropeara el día.

Se puso el vestido nuevo, los zapatos y el collar de perlas. Metió la mano en el bolso y sacó un cigarrillo. Con él en la mano, parecía aún más sofisticada. Jugó con su pelo. Probó cómo le quedaba recogido y luego suelto.

Fuera, la puerta de un vehículo se abrió y luego se cerró. Ribby se asomó por la ventanilla y vio cómo la furgoneta de Attics-R-Us se alejaba.

Momentos después sonaron los pasos de su madre, y en la otra habitación se puso en marcha la ducha.

Ribby volvió a ponerse la ropa vieja. Mientras se desnudaba, apartó de su mente los pensamientos sobre su madre y sus pretendientes. Cuando estuvo lista, bajó las escaleras en silencio, salió por la puerta y volvió a entrar. Esta acción reforzó su compartimentación para este incidente, y la ayudaría en el futuro cuando ocurriera un incidente similar. Con la cantidad de caballeros que llamaban a Martha, esta acción era una táctica de autoconservación.

Se sirvió una taza de té caliente y removió el estofado de la olla, antes de ir al salón a ver un poco la televisión.

Marta bajó poco después y cenaron. Cuando su madre se durmió en el sofá, Ribby subió a su habitación.

Después de leer un rato, Ribby cerró los ojos y dejó volar su imaginación. Se imaginó una casa propia, frente al mar. Se imaginó el salón con un cómodo sillón y unas sillas crujientes a juego. En la pared, detrás de ellos, grabados de Van Gogh y Monet. Flores en jarrones. Se imaginó que llegaba a casa del trabajo y ponía los pies en alto. Controlando la televisión.

La burbuja estalló y se filtró la realidad.

Martha nunca lo permitiría.

Sin embargo, lo que no sabía no podía hacerle daño.

Además de la tarjeta de crédito recién adquirida, Ribby participaba en el Programa de Ahorro del Personal de la Biblioteca Provincial, así que tenía algunos ahorros secretos, pero no los había tocado hasta hoy.

Ribby pensó en un artículo que había leído en el periódico. Era la historia real de un hombre que tenía dos vidas distintas con dos esposas distintas. Se preguntó si podría tomar la idea y hacerla suya. ¿Podría crearse una nueva vida?

Llegó el sueño, pero Ribby no soñó. En su lugar, tomó una decisión.

Mañana daría a luz a una nueva versión de sí misma. Una amiga imaginaria. Un alter ego.

Una parte de sí misma que haría cosas que ella temía hacer.

Una amiga con un bonito nombre: Ángela.

Capítulo 3

SÁBADO POR LA MAÑANA. Ribby saltó de la cama emocionada por el día que le esperaba. Dobló su vestido negro, unas medias y las metió en el bolso. No le cabían los tacones. Tendría que ponerse unas sandalias.

Martha estaba sentada en la mesa de la cocina con la cabeza entre las manos. En modo resaca. La cafetera silbaba detrás de ella. Cuando vio a Ribby, gimió. Ribby ya había visto muchas veces en su madre los síntomas del exceso de whisky. Se sirvió una taza de café y rellenó la taza de su madre. Las manos de Martha temblaron cuando tomó un sorbo.

Ribby siguió por el pasillo y salió al porche, donde recogió el periódico. Volvió a la cocina y sorbió su café, ahora frío, mientras leía. El periódico no resultó ser una barrera para los sorbos de Martha intercalados con gemidos.

Ribby hojeó la columna Apartamentos de alquiler. Pasó el dedo por la lista y había muchos donde elegir en la zona ribereña en la que esperaba vivir. Cerró el periódico y enjuagó la taza.

EL SECRETO DE RIBBY   29

"Tengo que irme, mamá. Hasta luego".

Martha golpeó la mesa con los puños. "No vuelvas entonces, si ni siquiera puedes reunir un gramo de simpatía por tu pobre mamá".

"Tómate un par de Tylenols y te pondrás bien", dijo Ribby mientras abría la puerta principal y daba un portazo tras de sí. Mientras se alejaba, se dio cuenta de que su madre había cerrado las persianas. Hoy nada de visitas de caballeros.

Ribby cogió el autobús y, tras llegar a la zona principal de alquileres, compró otro periódico. Rodeó un par de posibilidades y decidió asistir a algunas visitas de puertas abiertas. Una estaba en una zona espléndida, no lejos de la playa, y era la número uno de su lista de prioridades.

Antes de poder ver las propiedades, necesitaba ponerse una ropa adecuada. Un lavabo público le serviría. Vestida con su nueva ropa, exploró la zona, dedicando tiempo a contemplar el lago Ontario. Escuchó el suave chapoteo de las olas en la orilla. Por encima de ella, las gaviotas llamaban a gritos su atención. Detrás de ella, los coches tocaban el claxon mientras los pasajeros esperaban a que cambiara el semáforo. Sonó un AC-DC con fuertes graves y ella se volvió para ver que un coche negro con la capota bajada era el culpable. Continuó por el paseo marítimo. Se le hizo la boca agua cuando se encontró con un puesto de perritos calientes con cebollas fritas al lado. Miró la hora en un escaparate y se dio cuenta de que tenía que darse prisa para ver la primera casa.

Desde fuera, el edificio parecía atractivo. No era un rascacielos como otros. Era de tamaño medio, con balcones privados. Balcones adornados con objetos personales, como bicicletas y plantas. Balcones donde los inquilinos creaban su propio pedacito de cielo. Donde se enorgullecían de sus propiedades.

Vio un cartel de "Se alquila" encima de ella. Como prometía el anuncio, tenía vistas al agua. Se moría de ganas de subir y verlo de cerca.

Una vez dentro, deambuló por el vestíbulo para hacerse una idea del lugar. En la zona de correo leyó los nombres que adornaban las cajas, casi como si esperara reconocer a alguien. No lo hizo. Pulsó el botón del ascensor y subió.

Fue fácil encontrar el apartamento, ya que los carteles indicaban el camino. La puerta estaba abierta. Llamó de todos modos y entró. Había gente alrededor. A primera vista, supo que tenía que conseguir el apartamento. Era para ella.

El agente que estaba en la cocina habló con una pareja joven. A ella le dijo: "Enseguida estoy con vosotros. No dudéis en echar un vistazo".

El interior era de un tono soso de magnolia. La cocina estaba bien equipada con electrodomésticos de acero inoxidable, incluido un lavavajillas. El salón principal era de planta abierta. Perfecto. Se imaginó sentada allí, contemplando la increíble vista de las olas. Escuchando las olas. Abrió las puertas del balcón y salió. Los niños jugaban no muy lejos. Volvió a entrar y vio la habitación. Era más grande que la de su casa, tenía baño y un vestidor más que amplio. Tendría que comprar muchos zapatos y ropa nuevos para llenar aquel espacio. Era maravilloso. Todo. Lo deseaba tanto que podía saborearlo.

"Las vistas son impresionantes", dijo Ribby cuando el agente quedó libre. "Es exactamente lo que buscaba".

"Está muy solicitado. Si lo quieres", dijo el agente. "Tendrás que rellenar una solicitud hoy mismo. ¿Has alquilado antes?"

"No, he estado viviendo en casa".

Jugueteó con unos papeles. "¿Vivirás sola? ¿Trabajas a tiempo completo?"

"Sí, y sí. Trabajo en la Biblioteca. Soy Bibliotecaria Adjunta y trabajo allí desde hace siete años".

"El propietario prefiere alquilarlo a una persona soltera o a una pareja joven... si todo cuadra con el papeleo".

Los ojos de Ribby se iluminaron al aceptar la solicitud. El agente le ofreció un bolígrafo. Mientras ella la rellenaba, él charlaba.

"Una vez aceptada tu solicitud, necesitaremos un cheque para cubrir el primer y el último mes de alquiler".

"No hay problema". Terminó de firmar el formulario. "¿Cuándo sabré si mi solicitud ha sido aceptada?"

"Te llamaré. Lo sabremos el martes".

"Yo, no tenemos teléfono. Si me das tu tarjeta de visita, te llamaré. ¿Está bien el martes por la mañana?"

"Perfecto", echó un vistazo a la solicitud. "Eh, Sra. Balaustrada, hablamos entonces, y buena suerte", dijo el agente mientras retiraba el cartel de puertas abiertas. La acompañó hasta el ascensor y salió del edificio. Cuando llegaron a la calle, preguntó: "¿Puedo llevarla a algún sitio?".

"No, gracias, voy a dar un paseo por el paseo marítimo y luego cogeré un autobús a casa".

Ribby corrió hacia la playa. Se quitó las sandalias y dejó que la arena rezumara entre sus dedos. Luego los sumergió en el agua. Recogió unas cuantas conchas, se sentó y escuchó los sonidos de la ciudad y del lago Ontario.

Una gaviota se posó cerca. Luego otra.

"¿Qué os parece?", preguntó a los pájaros. "¿Es éste el lugar para Angela y para mí?".

Las gaviotas la miraron, pero un graznido fue su única respuesta.

✳ ✳ ✳

AÚN ERA PRONTO, DEMASIADO pronto para volver a casa. Ribby decidió ir a ver unos muebles. En la sala de exposiciones había una buena selección de artículos. Sin embargo, todo era muy caro, ya que ella lo necesitaba todo.

Una voz en su cabeza dijo: "Segunda mano. Elegancia. Sofisticación. Shabby chic.

Ribby miró a su alrededor. ¿Alguien le había hablado? Estaba sola. Pasó los dedos por el respaldo de un sofá y pensó: Shabby chic, ¿eh? Perfecto.

La voz dijo: "No lo olvides, un piso nuevo requiere un armario nuevo".

Ribby se detuvo. ¿Se estaba volviendo loca? Estaba manteniendo una conversación consigo misma, pero la voz era diferente. La voz era Angela. Angela había nacido.

No puedes esperar que nazca en esta vida vistiendo los viejos harapos de Martha.

Ribby sonrió. De acuerdo. Pero lo primero es lo primero. Apartamento. Los muebles. Necesitas cosas bonitas. Necesitamos cosas bonitas. Tendremos que asegurarnos de que mamá nunca se entere. Se pondría como una vaca.

Es una vaca.

Ribby se rió hasta casi mojar los pantalones.

¿Cómo he podido vivir sin ti?

Nunca lo sabremos. Oye, ¿vas a encenderte un cigarro alguna vez? ¡Mis pulmones lo están pidiendo a gritos!

Ribby metió la mano en el bolso y sacó un cigarrillo. Se lo deslizó entre los labios, encendió el extremo y le dio una calada.

Ahhhhh, suspiró Angela, lo necesitaba. Ribby, ahora necesitamos un plan.

Ya lo sé. Si conseguimos este apartamento, ¿cómo vamos a ocultárselo a mamá? ¿Cómo voy a seguir pagándole a ella y pagar el nuevo piso, además de conseguir todo lo demás? Ya sé, pediré un aumento.

No pidas un aumento, exígelo. Y haz que te rebajen el alquiler.

Ya debería haber pedido un aumento. En eso tienes razón. Pero, en cuanto a mamá, nunca estará de acuerdo aunque perdiera la casa sin mí.

Ese es su problema, no el tuyo Rib. Es una mujer adulta y, si tú no estás, podrá alquilar tu habitación, ¿no?

A Ribby le resultaba extraño tener a alguien de su parte por una vez.

No tengo intención de quedarme en el apartamento a tiempo completo. Eso nunca serviría. Encontraría la forma de estropearlo todo. No, viviré en casa durante la semana y en el apartamento los fines de semana.

Pero ella revisará tu libreta de ahorros, otra vez, Costilla y verá que el saldo baja, baja y se pondrá como loca. Ya sabes cómo es.

Ribby hizo una doble toma. ¿Cómo lo sabía Angela?

Tienes razón; tendré que tener cuidado con dónde dejo el bolso. Con los cigarrillos dentro, me lo he llevado directamente a mi habitación. Seguiré haciéndolo y ella no se dará cuenta.

Y si te pide dinero, ¿qué vas a hacer?

Le diré que no.

¿Recuerdas la vez que te ofreciste a entregarle cada céntimo que ganaras? ¿Lo único que tenía que hacer era dejar de aceptar llamadas de caballeros?

¿Y cómo lo sabe? Es como si hubiera estado conmigo todo el tiempo.

Sí, ¿cómo podría olvidarlo? Mamá se rió tanto que creí que se ahogaba. Intenté ayudarla a coger aire, golpeándola en la espalda, y a cambio ella me golpeó tan fuerte que se me cayó un diente.

La vaca vieja te echará de menos, Ribby, pero te mereces una vida, y yo estoy aquí para ayudarte. Para que la tengas. Será mejor que volvamos antes de que la vieja yegua envíe a la caballería.

La felicidad estaba a la vista, pero a veces había que estirar la mano y cogerla.

Capítulo 4

EL LUNES POR LA mañana, Ribby se levantó y salió por la puerta muy temprano. No quería ver a Martha. Para trabajar, se puso una especialidad de Martha-muumuu en la que sus pechos luchaban contra volantes frontales. Este atuendo estaba dentro de la política de vestuario de la biblioteca. Se apresuró a coger el autobús y llegó antes de lo habitual.

"Buenos días, Ribby", le dijo la Sra. Paloma, asidua a la biblioteca. "Si buscas algo excelente para leer, te recomiendo éste". Le tendió el libro y Ribby lo cogió.

"Mi vida en un plato", leyó Ribby. "¿Es sobre comida?"

"¡No, de ninguna manera!" dijo riendo la Sra. Paloma. "Trata de la vida, la risa y las lágrimas". Hizo una pausa. "¡Basta, Billy! Jason, vuelve aquí". Los niños volvieron al mostrador. "Siento que el libro se devuelva tarde".

"Me lo has convencido. Gracias, Sra. Paloma". Sonrió al sellar el libro devuelto.

"De nada, querida. La próxima vez que venga puedes contarme qué te ha parecido Clare Hutt.

Despídete ya de Ribby, chicos. Jason deja de escupir a tu hermano. Te vas a meter en un buen lío cuando llegues a casa". La Sra. Paloma sonrió mientras llevaba a Jason de la oreja y a Billy de la mano. El trío salió por las puertas giratorias.

Ribby estaba demasiado excitado para leer. Además, volvía a ser lunes y tenía que ir al hospital.

A las cinco de la tarde, Ribby cogió sus cosas de la taquilla y tomó el autobús. Durante el trayecto sintió la tentación de fumar, pero no quería que los niños olieran a cigarrillo en ella.

Fue a la tienda de regalos, donde había pedido globos llenos de helio para todos los niños del pabellón. La idea era maravillosa, llevarlos era otra cosa.

Como había prometido, Ribby empezó por la habitación de Mikey Landers. No estaba allí. Siguió por el pasillo, asomando la cabeza por las habitaciones. Detrás de ella la seguían otros, formando un desfile cantarín. Sillas de ruedas, muletas, todo el mundo era bienvenido. Incluso la enfermera jefe Alice se unió al desfile.

Ribby la miró y sus miradas se cruzaron. Algo iba mal, pero podía esperar. Continuó con la actuación.

Ribby entró en el centro. Hizo contacto visual con los niños. Lucy May Monroe necesitaba una cinta para el pelo, que Ribby sacó de su bolsa mágica. Era una cinta morada, el color favorito de Lucy May. La niña chilló de alegría. La madre de Lucy la enrolló alrededor de su coleta rechoncha.

En la última visita, Benjamin Fish había pedido un peluche de dragón, que Ribby tenía ahora escondido en su bolsa mágica. Dejó que Benjamin metiera la mano y lo sacó. Se lo puso en el regazo, buscando a sus padres, pero no estaban. Como no quería abrirlo sin ellos, acunó el regalo en su regazo con ruedas.

Había varios niños más esperando. Uno a uno, Ribby cumplió sus deseos. Volvió a cantar. Esta vez bailó e interpretó su versión de Crocodile Rock de Elton John. Repartió el resto de los globos. Sólo quedó el globo de Mikey Landers.

Ribby se despidió de los niños. Llevó el globo rojo de Mikey y caminó por el pasillo. La enfermera Alice estaba esperando.

"Ribby, espera, tengo algo que decirte".

Ribby no quería oír la noticia. Siguió caminando. Si no lo sabía, no sería verdad.

La enfermera Alice cogió a Ribby del brazo. "Ribby, Mikey sufría mucho y ahora está en paz".

Ribby quería gritar. Siguió caminando y salió del edificio. Una vez fuera, soltó el globo y lo miró hasta que no pudo verlo más.

No lloró.

Capítulo 5

RIBBY ESTABA MUY EMOCIONADA cuando llamó a la inmobiliaria desde un teléfono público y se enteró de que el piso era suyo. En poco más de una semana se mudaría. Tiempo de sobra para comprar lo necesario y pensar cómo iba a mantenerse alejada de Martha.

¿Por qué no recurrir a mí? Al fin y al cabo, somos amigas, ¿no?

¿Qué quieres decir?

A veces eres grueso como un ladrillo. Dile al viejo hacha de guerra que vas a visitar a una amiga que vive en la ciudad y se llama Ángela.

¿Y si quiere conocerte? Además, no puedo mentir; mi complexión me delataría.

No estás mintiendo. Pasarás el tiempo conmigo. Tienes la coartada perfecta: ¡YO!

Aquella noche, durante la cena, Ribby abordó el tema. "Me gustaría salir el viernes por la noche con mi amiga Angela".

"¡¿Que lo diga?!" dijo Martha con asombro en la voz. "¿Tienes una amiga?"

"Leemos los mismos libros y nos llevamos bien".

"Hija, ten cuidado con esta nueva amiga. Vigila que no se aproveche porque eres muy ingenua con las cosas del mundo".

"Estaré bien, mamá. Vamos a ver una película y a tomar un café".

Los días pasaban más deprisa ahora que su vida había salido de su rutina habitual y pronto llegó el viernes.

"Será mejor que me ponga en marcha. Hemos quedado fuera del teatro".

"Antes de irte, ¿podrías darle a tu pobre madre unos dólares para reponer la botella de Jack Daniels?".

Ribby dudó. Si no le daba dinero a su madre, podría no salir de casa. Tenía que entregar el dinero, y así lo hizo.

"Llegaré tarde, mamá; no tiene sentido que me esperes despierta".

"Pásalo bien", dijo Martha metiéndose el dinero en el sujetador.

Caminando por el sendero, Ribby respiró hondo varias veces. No se lo podía creer. Viernes por la noche y ella iba a salir por la ciudad al cine.

No te olvides de mí.

¿Cómo podría? ¡Sin ti, aún estaría ahí de pie en la habitación de enfrente!

Hiciste bien Ribby, al darle el dinero esta noche. Pero no más. ¡Necesitaremos cada Loonie!

Durante la película, Ángela no paraba de reírse de las partes amorosas.

¡Qué aburrido! Eso sí que es poco realista. Vámonos de aquí.

Es romántico. Dale una oportunidad.

Ribby se metió un trozo de chocolate en la boca.

Ojalá pudiéramos fumar aquí.

Shhhh.

Después de la película, Ribby se sintió demasiado molesto para tomar un café y se dirigió a casa.

¿Qué vas a decir cuando volvamos si ya sabes quién se ha levantado?

No se levantará. Después del Jack Daniels, estará fuera de combate.

Entonces, por la mañana, puedes decirle que te quedas en casa de tu nueva amiga Angela el sábado por la noche. Volverás el domingo por la noche. ¿Entendido?

Sabrá que estoy mintiendo. Siempre lo sabe.

Quizá lo sepa, pero eso fue antes de tener tu propia casa. Una doble vida. Antes de tenerme a mí. Además, es un tecnicismo. Te ESTÁS quedando en mi casa y yo soy tu amigo. Así que... realmente estás diciendo la verdad.

Dicho así, suena bastante bien.

Sí, ahora enciende un cigarrillo y emprendamos el camino de vuelta.

Capítulo 6

ERA EL DÍA DE la mudanza y Ribby estaba preparada. Bajó de puntillas las escaleras con la esperanza de pasar desapercibida. Le duró poco, pues Martha la estaba esperando en la cocina.

"¿Una taza de café?"

"Gracias, mamá", dijo Ribby mientras se sentaba y echaba un vistazo a su reloj.

El trago de Martha y el zumbido del frigorífico fueron los únicos sonidos que se oyeron.

"Ángela y yo lo pasamos increíblemente bien el viernes por la noche, mamá, y me ha pedido que me quede en su casa el fin de semana. Me gustaría ir".

Martha asomó la nariz a su taza de té. Manoseó el mantel con una mano mientras acariciaba a Scamp por debajo de la mesa con la otra.

El silencio de su madre era inquietante. Rara vez había estado tan callada. Ribby se sintió culpable y le temblaron las manos mientras sorbía la bebida. Se preguntó si su madre lo sabría.

Ribby pensó en decir algo, el silencio era horrible, pero tenía miedo de hacerlo. Terminó el café, se levantó y enjuagó la taza. La colocó en la rejilla para que se secara.

"Me alegro de que tengas un amigo y espero que te diviertas".

"Gracias, mamá", dijo Ribby mientras subía corriendo a por su bolso y salía. Cogió el autobús y cruzó la ciudad antes de que lo hicieran los repartidores.

"¡Subid!", dijo hablando por el interfono. Los hombres se llevaron los modestos muebles y otros objetos que ella había acumulado durante sus horas de almuerzo. Cuando se fueron, se sintió como en casa, escuchando las olas desde el balcón.

Al mediodía, Ribby dio un paseo por el paseo marítimo. Por el camino vio varios bares y clubes nocturnos. Nunca había estado en ninguno porque ir sola no le parecía interesante, pero ahora era diferente. Volvería más tarde.

Con Ángela en el mundo, no se sentía tan sola.

AQUELLA MISMA NOCHE, RIBBY esperaba en la acera, delante de la discoteca.

Deja de dar vueltas, Ribby. Voy a contar hasta diez y luego entraremos. Muy bien, ¡vamos! Preparados o no, ¡allá vamos!

Tengo miedo.

Pan comido, Ribby, pan comido. Sígueme.

Como si tuviera alguna opción.

Las escaleras eran estrechas y estaban poco iluminadas. Los tobillos de Ribby se tambaleaban con sus nuevos zapatos de tacón alto mientras bajaba. Cuando dobló la esquina hacia la zona del bar, las luces estroboscópicas parpadearon y palpitaron al ritmo de la música.

Deja de preocuparte por los zapatos. ¡Te espera el paraíso! Por aquí. Voy a plantarme en este taburete—así podré ver la acción. ¡Por no hablar de que nos pueden echar un vistazo!

No sé. ¿No pareceremos desesperados?

Desesperados no—disponibles. Mira este lugar Costilla. Está lleno de risas, música; lo pasaremos fantásticamente bien. ¿Por qué no nos invitas a una copa?

¿Qué debo pedir? Nunca he pedido una bebida.

Veamos, Angela examinó el menú de bebidas. Una de éstas estaría bien. Sí, pide un vodka con tónica, ¡que sea grande!

Ribby se aclaró la garganta, con la esperanza de atraer la atención del camarero. Estaba manteniendo una conversación con un hombre en el otro extremo de la barra. Tosió, pero con la música alta y las luces parpadeantes, no creía que se fijaran en ella.

¿Tengo que hacerlo todo? gimió Angela. "Disculpe, señor camarero; ¿me pone un V&T grande cuando tenga un segundo, por favor?".

El camarero miró a Ribby y sonrió. "Por supuesto".

Avanzó por la barra y miró en dirección a Ribby mientras preparaba la bebida. "No me resultas familiar. ¿Eres de por aquí?"

"Me he mudado este fin de semana. Pensé en echar un vistazo", dijo Angela.

"Bienvenida al barrio. Y esto es por cuenta de la casa. Soy el comité de bienvenida", dijo el camarero con un guiño.

Angela le hizo un gesto con los párpados a Ribby. Se inclinó hacia él, como si quisiera susurrarle algo al oído. Sus pechos cayeron hacia delante en el vestido, dando al camarero una vista completa del escote de Ribby. "Muchas gracias", dijo Angela. "Siempre he querido conocer al comité de bienvenida".

"Ahora lo tienes, en carne y hueso. Me llamo Jake, ¿y tú?".

"Soy Angela, encantada de conocerte".

"Si necesitas algo más, silba. Sabes silbar, ¿verdad?".

"Como dijo una vez la gran actriz Lauren Bacall, sólo tienes que juntar los labios y soplar". Jake se echó a reír y Ángela dejó escapar un leve silbido.

Este comentario sorprendió a Ribby, ya que ella nunca había dominado el arte de silbar. Por no mencionar que nunca había visto ninguna película de Lauren Bacall.

Jake avanzó por la barra y atendió a otro cliente que había estado observando el intercambio.

"Jake, viejo", dijo el hombre acercándose. "¿Te apetece una cerveza por aquí?"

"Nigel. Tío. Hacía semanas que no te veía. ¿Cómo demonios estás? Creía que te habías mudado".

"¿Yo? ¿Mudarme? ¿A qué otro lugar podrías mudarte después de haber vivido cerca de la playa la mayor parte de tu vida? ¡No hay ningún sitio comparable! Tendrían que sacarme en una caja de madera", dijo Nigel, riendo mientras Jake servía la cerveza.

"¿Qué has estado haciendo?"

"Trabajo, trabajo, trabajo, ya he dicho bastante", dijo Nigel. Acercándose a Jake, le susurró: "¿Quién es la nena? ¿Vas a salir con ella o puedo ir yo?".

"Es nueva. Se ha mudado aquí hoy. Se llama Angela. Tiene unas buenas tetas y un buen sentido del humor".

¿Ves? ¡Le caemos bien!

Ni siquiera nos conoce.

Pero quiere hacerlo.

"Perdona, Jake", dijo Angela. "Me gustaría pedir un Martini grande, agitado, no revuelto. Que sea doble".

"Un Martini doble, enseguida", dijo Jake.

"Así que eres fan de James Bond, ¿no?". preguntó Jake mientras colocaba el Martini delante de ella.

Angela jugó con la aceituna dándole vueltas en el vaso y luego se lo tomó todo de un trago.

Ribby se estremeció. Como antes, nunca había visto una sola película de James Bond, ni había leído ninguna de las novelas de Ian Flemings. Se preguntó cómo Angela podía saber cosas que ella ignoraba.

Angela estaba hablando. "La interpretación de Sean Connery era mi Bond favorito. Deberían haber dejado de hacer las películas después de que él renunciara". Empujó su copa por la barra: "Otro Martini doble para mí, por favor, Jake".

"Vaya, es bastante fuerte", hizo una pausa. "¿Seguro que te apetece otro doble tan pronto?".

"Yo soy el cliente, ¿no?, y tú eres el comité de bienvenida, así que hazme sentir bienvenido. Te prometo que me portaré bien", dijo Angela.

Jake miró en la barra a Nigel, que estaba sentado solo. Diez tíos bajaron las escaleras, mirando a Ribby. "Me gustaría presentarte a un amigo mío. Nigel, ésta es Angela. Quizá le guste un poco de compañía. Nigel conoce bien la zona y es un buen tipo. Puedo responder por él".

"Encantado de conocerte", dijo Nigel, mientras extendía la mano.

"Encantada de conocerte a ti también", dijo Angela, mientras se movía para evitar el trasero entumecido. Movió la aceituna en el Martini fresco y la pinchó. Se la metió en la boca y se sirvió el segundo trago.

"He oído que eres nueva en la zona". dijo Nigel, mientras observaba cómo se escurría un poco de Martini por la comisura de la boca de Angela.

Ribby cogió una servilleta y limpió el líquido a golpecitos. Seguía teniendo un sabor horrible. Como se imaginaba que sabría el quitaesmalte. ¿Cómo podía Angela disfrutar de algo que ni ella misma disfrutaba?

"Sí, hemos alquilado un apartamento. Es precioso", dijo Angela.

"¿Nosotros?"

Ribby se encogió.

Angela se rió. "Nosotros en el sentido real. Vivo sola".

"¿Te apetece bailar?" preguntó Nigel.

Ribby no había bailado en su vida.

Angela intentó bajar del taburete. Perdió el equilibrio y tropezó.

Nigel la agarró del brazo. "Eh, ¿estás bien?"

"Estoy bien", dijo Angela. "O lo estaré cuando vaya a la habitación de la niña. ¿Tienes idea de dónde está?"

"Está ahí mismo, al final del bar".

"Okie dokie", dijo Angela. Agarró a Nigel por el cuello de la camisa y lo miró a los profundos ojos azules. "No te muevas. Volveré en unos segundos y aceptaré tu oferta de bailar".

Ribby respiró hondo mientras Nigel asentía y retrocedía.

Angela se acarició el vestido.

Una vez en el retrete, Ribby se apoyó en la puerta metálica, que se sentía fresca en la espalda. Arrancó resmas de papel higiénico y cubrió el asiento antes de sentarse.

La habitación daba vueltas.

Creo que voy a vomitar.

No, no vamos a vomitar, Rib. Vamos a sentarnos aquí uno o dos segundos más. Luego iremos al lavabo y nos echaremos agua en la cara. Nos pondremos bien. Te lo prometo.

Unos instantes después, Angela se acercó a Nigel. Parecía preocupado. No era guapo, pero tampoco feo. Tenía un aspecto normal. Llevaba vaqueros negros, una camiseta azul claro y botas negras. Le gustaba su pequeña barba.

"Vamos", dijo Angela, cogiendo la mano de Nigel y llevándolo a la pista de baile.

Era una canción lenta.

Ribby ni siquiera sabía cómo le abrazaban. Las palmas de las manos le goteaban de sudor.

Nigel la mantenía a distancia.

"Más cerca", susurró Angela, atrayéndole hacia sí ahuecándole las nalgas.

Mientras Chris de Burgh cantaba Lady in Red, Angela apoyó la cabeza en el hombro de Nigel y se relajó. Ribby también se relajó. Podía sentir los latidos de su corazón contra el suyo. Sentía su aliento en el cuello.

Angela quería llevárselo a casa.

Ribby no.

D ESPUÉS DEL BAILE, ANGELA cogió a Nigel de la mano y tiró de él hacia la barra. Se sentaron en los taburetes, tocándose las rodillas. Nigel señaló con dos dedos al camarero y dijo: "Tequila".

Angela se pasó el pelo por detrás de la oreja y se inclinó hacia él: "¿Intentas emborracharme?".

"Eh, no. No es mi estilo".

Angela le tocó la rodilla cuando llegaron las bebidas.

Nigel echó atrás su chupito. "Entonces, ¿a qué te dedicas? Me refiero a ganarte la vida. Creo que estamos avanzando un poco rápido".

Estoy de acuerdo.

Shhh Ribby. Vuelve a dormirte. Luego a Nigel: "Un poco de esto y un poco de aquello". Devolvió el chupito de tequila y se puso la lima entre los dientes.

"Ah, una mujer misteriosa, ¿eh?". Se rió. "Bueno, me dedico a las Relaciones Públicas".

"¡Qué emocionante! ¿Siempre has trabajado para la misma empresa?"

"Sí. Una de las diez mejores empresas me contrató directamente en la Uni. Cuando empiezas a trabajar para los mejores, el único camino es hacia abajo".

"Te entiendo. Entonces, ¿qué te gusta hacer? Aparte de las relaciones públicas y salir por los bares".

"No suelo salir por bares".

"Claro, claro", dijo Angela.

"Sinceramente", dijo Nigel, rozándole la rodilla con la mano.

Ribby se sintió ansioso. Le estaba resultando demasiado familiar. Quería marcharse.

A Angela le gustaba.

Nigel continuó: "Conozco a Jake. Nos conocemos desde hace años, así que vengo al Ojo de Gato de vez en cuando, para salir. No puedes quedarte en tu apartamento viendo Netflix o jugando a la Xbox todo el tiempo. Es mejor salir. Para conocer gente, ¡y esta zona es un lugar muy animado!

"Lo es, pero ahora mismo me apetece una taza de café. ¿Te gustaría ir a otro sitio menos ruidoso e invitar a una chica a una taza de café? Te invitaría al mío, pero está hecho un desastre desde que me he mudado hoy -dijo Ribby-.

Te dije que me dejaras esto a mí. No te metas.

"Hay un pequeño café no muy lejos, y luego te acompaño a casa. Si te parece bien, Angela".

Una taza de café, me parece bien.

Tómate un calmante.

Ribby y Nigel caminaron cogidos del brazo hasta el Night Owl Café, donde pidieron capuchinos.

Charlaron informalmente hasta la una de la madrugada, cuando Ribby dijo que quería irse a casa.

"Eres todo un caballero por pedir acompañarme a casa. Me alegro de que Jake nos presentara".

Cuando llegaron a casa de Ribby, Nigel le preguntó: "¿Me das tu número de teléfono? Me gustaría volver a verte".

"Todavía no tengo teléfono", dijo Angela mientras rebuscaba las llaves en el bolso. Cuando volvió a levantar la vista, Nigel se lanzó a besarla. Cuando sus labios se encontraron con los de Angela, ella le devolvió el beso. Sus manos recorrieron sus hombros y su pecho. Las de él, a su vez, exploraron.

Cuando las rodillas de Ribby empezaron a doblarse, ella tomó el relevo. Demasiado sin aliento para hablar, se apartó. "Será mejor que entre". Se tocó los labios. Aún le hormigueaban.

"Espero no haber sido demasiado atrevida. Parece que te ha gustado".

"Sí", dijo Angela.

"Tengo que irme", dijo Ribby. "Ha sido un día muy largo, con la mudanza y todo eso". Abrió la puerta y entró.

Nigel la siguió hasta el ascensor abierto. "¿Cuándo volveré a verte?"

Cuando el ascensor empezó a cerrarse, Angela tomó el relevo. "El próximo sábado, a la misma hora del murciélago, en el mismo canal del murciélago".

Cuando se cerraron las puertas, Ribby volvió a rozarle los labios. Había sido su primer beso y le había gustado mucho.

Angela quería más. Su beso la puso caliente, febril.

Abrió de golpe las puertas del balcón. Nigel estaba allí abajo, mirando hacia arriba. La saludó con la mano.

"Buenas noches, Nigel", dijo Ribby.

"Buenas noches, Angela", dijo Nigel.

Podríamos haberle invitado a subir, ¿sabes?

Acabo de conocerle y no sé nada de él. Además, me duele la cabeza y el estómago.

Es totalmente inofensivo.

Si eso es cierto, volverá.

Ribby volvió a entrar. Cerró y atrancó las puertas del balcón. Fue a su cuarto de baño y se miró en el espejo durante un buen rato, esperando ver allí a Angela. No encontró ni rastro de ella.

Tras una ducha caliente, Ribby se tumbó en la cama. Cerró la puerta de su habitación, como en casa. Entonces se dio cuenta de que ya no necesitaba hacerlo. Se levantó, la abrió de par en par y volvió a meterse en la cama. Se puso el camisón de franela porque el aire de la noche le había dado un escalofrío. Cuando se dejó caer sobre la almohada, la habitación empezó a dar vueltas. El techo era el suelo y el suelo era el techo. Cuando cerró los ojos, se le subió el estómago hacia la garganta. Se agarró a los bordes de la cama como si estuviera a la deriva en un bote salvavidas, hasta que no pudo soportar más el giro.

Corrió al cuarto de baño y vomitó. Ribby se hizo amigo de aquel trozo de porcelana, arrodillándose ante él como si fuera un dios.

Cuando tuvo el estómago vacío, volvió dando tumbos a la cama e intentó dormir. La habitación ya no daba vueltas. No se sentía cómoda con la voz dentro de su cabeza. Ángela parecía saber cosas. Que había vivido cosas. Diferentes de las que ella misma había experimentado. ¿Cómo era posible? ¿Por qué había pedido tantos Martinis?

La idea de beber Martinis y Tequila hizo que a Ribby se le revolviera el estómago. Esta vez eran arcadas; no le quedaba nada que ofrecer al dios de porcelana.

Se durmió a los pies del dios, apoyando la frente en la fría porcelana.

Capítulo 7

RIBBY ABRIÓ LOS OJOS. Estaba en el cuarto de baño, en el suelo. Se levantó utilizando la taza del váter como ancla. Insegura, bajó la tapa y se sentó encima. Abrió el grifo del lavabo que tenía al lado, dejó correr el agua unos segundos, llenó un vaso y bebió un sorbo. Le temblaban las manos, mientras el agua se deslizaba hasta su estómago.

Cuando Ribby pudo ponerse en pie, se agarró al lavabo, miró su reflejo en el espejo y juró no volver a beber alcohol.

Qué ligereza.

Ribby se duchó, se vistió y salió a dar un paseo para despejarse. Se detuvo en una cafetería y pidió una taza de café cargado. Mientras sorbía, decidió que estaba lista para volver a casa, y fue a coger el autobús.

Es decir, a casa de Martha.

¿Ocurrió realmente lo de ayer? Fue como un sueño.

Lo de vomitar fue más bien una pesadilla.

El beso de Nigel fue de ensueño.

Mi primer beso fue mejor que unas tortitas con mantequilla y sirope.

Shh, me estás dando hambre.

Ribby bajó del autobús y se dirigió a casa Cuando dobló la esquina, allí estaba sentada Martha, en camisón, a las cuatro de la tarde, dando tragos a una botella de cerveza.

"¿Cómo está mi hija?" preguntó Martha.

"Lo hemos pasado muy bien, mamá. Angela es muy divertida. Me ha invitado a quedarme otra vez el próximo fin de semana".

"Qué bien. Todo el mundo dice que eres demasiado seria. Necesitas una amiga de tu edad con la que divertirte".

"¿Quiénes son todos, mamá?"

Martha se levantó. Tropezó un poco, mientras Ribby retrocedía. El olor a cerveza combinado con el cuerpo sucio la hizo respirar superficialmente.

"No importa. Creo que tú también necesitas la compañía de un hombre".

"Anoche conocí a uno llamado Nigel. Me acompañó a casa de Angela y...".

"¡Estás fuera de casa una noche y consigues que un hombre te acompañe a casa! Parece que eres más mi chica de lo que pensaba".

"No pasó nada".

"Esta vez no, hija, pero es mi sangre la que corre por esas venas tuyas, y el tiempo demostrará que lo que digo es cierto. Una vez que tengas a un hombre en tus manos, una vez que empiece a tocarte en lugares, oh los lugares, entonces revivirás. Te llevará adonde nunca imaginaste que podría llegar tu cuerpo. Cualquier hombre puede hacer eso por ti, hija, le quieras o no. Cualquier hombre puede. Cualquier hombre que sepa puede enseñarte".

"No quiero oír esto", dijo Ribby, subiendo apresuradamente las escaleras hasta su habitación. Cerró la puerta de un portazo y echó el pestillo. Preparó el baño, echó muchas burbujas y cogió un libro de la mesita auxiliar. Estuvo horas en remojo, intentando no pensar en lo que Nigel podría enseñarle.

Capítulo 8

LUNES POR LA MAÑANA, de vuelta al trabajo. La habitual cola de clientes. Ribby atendiéndolos, el Bibliotecario Jefe sin darse por enterado. Más tarde, Ribby estaba en la segunda planta devolviendo libros a las estanterías. Miró por la ventana para ver si pasaba algo interesante, pero no lo había. Hasta que lo hubo. Una limusina al otro lado de la calle. Un chófer con gorra se apeó y abrió la puerta. Ribby observó cómo bajaban un par de piernas largas con unos tacones extraordinariamente altos atadas a una mujer rubia. El chófer cerró la puerta y la mujer se alejó en dirección opuesta a la biblioteca.

Me gustaría parecer diferente.

A mí también. ¿Qué tienes en mente?

El pelo, podríamos cambiarlo. Teñírnoslo. Los rubios se divierten más.

¿Quizá una peluca en su lugar? Menos permanente.

Suena como un plan. Me muero de ganas.

Cuando los libros volvieron a su sitio, Ribby regresó a su escritorio. Buscó una tienda de pelucas cercana. Wigs-R-Us estaba a varias manzanas. Miró el reloj y ya era casi la hora de comer. Fácilmente podría ir y volver. Fuera de la tienda, miró las pelucas expuestas en el escaparate.

Me gusta ésa. Y ésta otra.

¿De verdad? ¿Te gustaría ir así de corta?

Sí, definitivamente más corta.

El timbre sonó cuando entró en la tienda. Estaba notablemente silenciosa, más silenciosa que la biblioteca.

"¿Diga?" dijo Ribby.

Una mujer salió de detrás del mostrador con la mano extendida: "Bienvenida a mi tienda. ¿En qué puedo ayudarte hoy?" Incluso de pie, era mucho más baja que Ribby.

Ribby abrió la boca para hablar, pero antes de que dijera nada la mujer volvió a hablar.

"Si quieres sentarte aquí, puedo traerte las pelucas. Sólo tienes que señalar las que te gustaría probarte. Te ajustaré la peluca y, voilá, podrás contemplar tu nuevo yo en el espejo".

La mujer puso la mano en la espalda de Ribby y la condujo a la silla. Ribby se sentó mientras la mujer bajaba y bajaba la silla. Ribby se agachó más para acomodarse.

"¿Qué haces?", preguntó la mujer mientras pasaba los dedos por el pelo de Ribby. "Quiero decir, ¿cómo te ganas la vida? Realmente quieres una peluca que se adapte a tu estilo de vida. Por cierto, tienes un pelo precioso".

"Eh, gracias. Trabajo en la biblioteca. Me gustaría una peluca rubia. Corta, como la del escaparate. Ya está".

"Vaya, es una elección interesante. Es nuestra peluca rubia más popular. Ya conoces el dicho: las rubias se divierten más".

La mujer tenía una caja detrás del mostrador llena de pelucas exactamente iguales a la del escaparate. La acercó y empezó a atar el pelo de verdad de Ribby.

"He cambiado de opinión", dijo Angela. Señaló hacia arriba: "Me gustaría probarme esa".

¿Qué? ¿Qué haces?

El otro es común. Quiero algo especial.

Me parece bien.

La peluca tenía el flequillo recogido en la frente y recogido por detrás. Llegaba hasta los hombros y parecía bastante rígida.

Definitivamente, no.

De acuerdo.

¿Y aquella?

Era notablemente corta, con raya a la izquierda, pero escalonada. El flequillo era de plumas, el peinado a capas por todas partes y el pelo terminaba justo debajo de los lóbulos de las orejas. En cuanto la mujer se lo puso, tanto a Ribby como a Angela les encantó. Era un contraste total con el look cotidiano de Ribby.

No me lo puedo creer, estoy preciosa.

Claro que sí, Angela.

"¡Perfecto! Envuélvelo!" dijo Ribby. "Tengo que volver al trabajo".

Ahora sólo necesitamos ropa nueva.

Ribby pasó la tarde trabajando en el ordenador. Envió correos electrónicos a los clientes reincidentes que se retrasaban en la devolución de sus libros. A los reincidentes había que llamarles por teléfono.

Después del trabajo, fueron al centro comercial y compraron algunas cosas. Era tarde, así que Ribby tuvo que coger un Uber para llegar a tiempo al hospital.

Se dedicó a entretener a los niños. La ausencia de Mikey aún flotaba en el aire, pero los niños consiguieron sonreír e incluso reír un poco.

De camino a casa en el autobús, el viento atrapó la chaqueta de Ribby y la empujó.

¿Por qué no vamos a nuestra verdadera casa?

Sólo es lunes, no queremos que mamá sospeche.

Vale. Seguiré con esta farsa.

Shhhh.

Ribby giró el picaporte y abrió la puerta principal de la casa de Martha.

La voz de un hombre prorrumpió en carcajadas.

Ribby escuchó unos instantes y oyó el chasquido de los cubiertos contra los platos. Le rugió el estómago. No había comido nada en todo el día.

En la cocina, John MacGraw mojaba el pan en su cuenco medio vacío. Martha echó una cucharada de estofado en el cuenco de Scamp, que lo engulló.

Cuando entró en la cocina, Ribby miró a Martha, que sonreía. Cuando John estaba cerca, a veces Martha parecía otra persona. De todos los amos que su madre había traído a casa, John era el más decente. Sacaba lo mejor de su madre, que parecía querer que él pensara que estaban unidos.

"Hola, mamá. Hola a ti también, John".

"Acompáñanos", arrulló Martha, palmeando el asiento de la silla más cercana a ella. Antes de que Ribby pudiera sentarse, Martha se levantó de un salto. "¡Espera! Tengo algo que enseñarte primero. Es un regalo de John".

"Puede esperar hasta después de cenar", dijo John, animándoles a ambos a sentarse con voz firme.

"Desde luego huele bien", dijo Ribby mientras Martha la cogía de la mano y la sacaba de la cocina.

"¡Ta-dah!" dijo Martha. Era un nuevo teléfono portátil con una extensión muy larga.

"Vaya, es impresionante".

"Claro que lo es, ahora volvamos a la cocina. No queremos hacer esperar a John".

"Tu madre es una gran cocinera", dijo John en cuanto se sentaron.

"Gracias, por el teléfono".

"No te preocupes, ya era hora de que tuvieras uno aquí. Me facilita el contacto", dijo John.

Martha echó un poco más de estofado en el cuenco de John. "No estoy segura de si te lo he mencionado antes, John. Ribby pasa las tardes de los lunes entreteniendo a niños enfermos en el hospital". Echó un poco en el cuenco de Ribby. "¿Cómo ha estado Mikey hoy? Sin esperar respuesta: "Mikey es el favorito de Ribby, él...".

Ribby se echó a llorar. Nunca había llorado por Mikey. Ahora no podía parar. Las lágrimas seguían fluyendo, goteando por sus mejillas y cayendo en el cuenco de estofado.

"Espabila, chica", dijo Martha con voz alzada. Miró a John para ver si se había dado cuenta. Satisfecha de que no se hubiera dado cuenta, dio unas palmaditas en la mano de Ribby y le arrulló. "¿Qué pasa? Nosotros con compañía y tú lloriqueando como un bebé. Contrólate". Apretó una uña en el dorso de la mano de Ribby y susurró: "Estás avergonzando a John".

"¡Ay!", dijo Ribby, apartando la mano y continuando sollozando.

"No te preocupes por mí", dijo John. "Un buen llanto nunca hace daño a nadie. Esta es tu casa, Ribby, y puedes llorar si quieres".

Ribby se echó a reír. No a reírse, sino a reír. En su cabeza sonaba una melodía: Es mi casa y puedo llorar si quiero, llorar si quiero, llorar si quiero. "Mikey ha muerto".

Capítulo 9

"ANGELA ME HA INVITADO para todo el fin de semana", dijo Ribby en el desayuno de la mañana siguiente.

"Es muy oportuno, Ribby, muy oportuno. John y yo vamos a pasar el fin de semana juntos. Tenemos planes".

Ribby suspiró aliviado.

"Pásalo muy bien y...". Agarró la muñeca de Ribby. "Quiero decirte cuánto sentimos John y yo anoche lo del pequeño Mikey. No quiero que vuelvas a llorar, pero estoy orgullosa de ti. Espero que lo pases bien este fin de semana. Te lo mereces".

Ribby, sobresaltada por las amables palabras de su madre, le echó los brazos al cuello.

"Pues bien", dijo acariciando la espalda de su hija.

Se separaron y Ribby se dirigió a la parada del autobús. Su día se parecía cada vez menos al Día de la Marmota.

Qué tontería. ¿Cómo ibas a abrazarla después de todo lo que te había dicho y hecho? ¿Cómo pudiste? Se me erizó la piel.

Era sincera.

¡Eres taaaan ingenuo!

CON LA NUEVA PELUCA y las gafas de sol oscuras, Angela estaba decidida a ir de compras.

Pero no podemos permitírnoslo.

Para eso está el crédito.

Aún tengo que devolverlo.

Tranquila, todo irá bien.

Angela se probó los conjuntos menos propios de Ribby y agotó su tarjeta de crédito.

De verdad, no gastes más.

Vale, vale, pero ¿no estamos fabulosas?

Ribby admitió que ya no se reconocía.

Tú estás ahí. Tú eres la ventana y yo el marco.

Las cabezas se giraban mientras ella caminaba por el paseo marítimo. Hubo gritos y silbidos.

Entró en otro club nocturno más cercano al paseo marítimo. El portero comprobó el carné de Ribby y miró la foto dos veces.

"¿Seguro que eres tú?", preguntó.

"Claro que sí", respondió Ribby. "Es una peluca".

"Disculpa, no quería ofenderte. Aquí tienes un cupón para una bebida gratis".

"Gracias".

No me gustaba cómo nos miraba aquel tipo.

Sí, era como si tuviera visión de rayos X y pudiera ver a través del vestido.

Qué asco.

Cojamos la bebida gratis y vayamos al Ojo de Gato.

ALGÚN TIEMPO DESPUÉS LLEGÓ al Ojo de Gato y vio a Nigel sentado solo.

No creo que nos reconozca.

¿Por qué iba a hacerlo? Llevamos gafas oscuras y una peluca rubia.

Angela pidió un Martini.

La mera idea de beber alcohol hizo que Ribby sintiera náuseas en el estómago.

Nigel miró a Ángela. Ella le respondió con un guiño y le devolvió el Martini. Pidió otro.

"¿Quieres bailar?", preguntó.

Nigel rodeó la cintura de Angela con los brazos y la estrechó contra sí. Miró las gafas de sol oscuras de Angela.

Angela deslizó la mano sobre la nalga derecha de Nigel. Lo balanceó contra ella. Los dos giraron en la oscuridad al son de la discoteca. Antes de que acabara la canción, se estaban besando. Se olvidaron de que estaban en un lugar público. Nigel la cogió de la mano y la sacó de la discoteca.

No hubo palabras, pues la pasión entre ellos era demasiado grande. Caminaron unos pasos, y entonces Angela le empujó contra el muro de piedra y volvió a besarle.

Siguieron andando, pasando por delante del 7-11. Agarrados, besándose, Angela tenía el carmín en el cuello y en un lado de la cara. Ambos parecían haber librado una batalla.

Cuando llegaron a casa de Ribby, Nigel se dio cuenta de quién era Angela. Le cogió de la mano y le llevó escaleras arriba.

"Eh, espera un momento", dijo Nigel. "¿Es esto algún tipo de juego?".

"Claro que no", dijo Angela, desabrochándole los botones de la camisa y besándole el pecho. "Vamos".

"No sé qué te pasa", dijo Nigel. "I..."

"¡Oh, cállate! Y dicen que las mujeres hablan demasiado!" dijo ella mientras se arrancaban mutuamente la ropa y caían sobre la cama.

Después, Nigel recogió su ropa y se escabulló antes de que Angela se despertara.

Ribby no recordaba haber salido del club nocturno. Angela recordaba cada detalle.

Capítulo 10

*L*A INFANCIA DE *R*IBBY Balustrade no había sido feliz. Era una hija única y solitaria que se habría beneficiado de un hogar biparental. Como nunca conoció a su padre, tuvo que imaginárselo. Lo veía como un cruce entre el personaje de Atticus Finch en Matar a un ruiseñor y el de Gregory Peck en la vida real.

Cuando Ribby le preguntó por su padre, Martha cambió de tema.

Ribby volvió a leer Matar a un ruiseñor. "Nunca entiendes realmente a una persona hasta que consideras las cosas desde su punto de vista... hasta que te metes en su piel y caminas con ella".

Tras numerosas preguntas sobre su padre y ninguna respuesta, Ribby urdió un plan. Subiría a lo que su madre llamaba la "Zona prohibida", el desván, e investigaría como Nancy Drew. Por desgracia, todo lo que descubrió allí arriba eran bichos de pared a pared, sobre todo arañas. Además, había un hedor nauseabundo a cajas olvidadas, llenas de polvo y moho, que no tenían nada que ver con su padre.

Al bajar a hurtadillas, oyó el ruido de los zapatos de su madre en el porche. Al darse cuenta de que había olvidado cerrar la puerta del desván, Ribby se asustó. Volvió a colocar la escalera en su posición original, pensando arreglarla más tarde. Esperaba que su madre no se diera cuenta.

Cuando se sentaron a cenar, Ribby rezó una y otra vez para que su madre no se diera cuenta. Le dijo a Dios que nunca diría ni haría nada malo en toda su vida. Prometió renunciar a su juguete favorito, una muñeca rubia de tez blanca llamada Ana.

Martha colgó el abrigo y fue directamente a la cocina. Se sentó. Ribby puso la tetera a hervir y sirvió a su madre una taza de café. Martha bebió un sorbo, con cuidado de no mancharse los labios.

Ribby observó este matiz. La conservación del labial significaba que Martha iba a salir de nuevo. Dio gracias a Dios por haberla escuchado y su pulso se ralentizó.

"Entonces, ¿qué has hecho hoy?". preguntó Martha. "¿Terminaste los deberes?".

"Casi, mamá, casi", contestó Ribby inclinándose hacia delante para rellenar la taza de café de su madre.

"Por cierto, ¿qué hacías en la zona prohibida, hija? preguntó Martha, sujetando la mano temblorosa de Ribby mientras servía.

Ribby no miró a su madre a los ojos. Unos segundos después, la orina le salpicó las piernas, los zapatos y el suelo, y empezó a llorar.

"Maldita sea, Ribby. ¡Mira lo que has hecho! Te has meado en todo el suelo. Coge la fregona y límpialo.

No te preocupes por arreglarte, ¡limpia esto! ¿Qué se supone que debe hacer una madre con una hija que dice mentiras? ¿Qué puede hacer una madre con una hija que se mea en su bonito y limpio suelo?

Ribby fregó frenéticamente. El chapoteo hacia delante y hacia atrás le daba tiempo para pensar. La fría sensación de la orina sobre su piel la hizo estremecerse. Cuando el suelo volvió a estar impecable, Ribby devolvió la fregona a su sitio y se dispuso a subir a cambiarse.

"No tan deprisa, mi niña", dijo Martha, agarrando a su hija por el pelo y arrastrándola hasta la escalera. "No podemos dejarla abierta toda la noche, ¿verdad? Ya sabes que hay bichos raros. Sube tú -dijo Martha mientras empujaba a su hija hacia arriba.

Ribby agitó los brazos. Tenía miedo de subir. Miedo de caerse.

Cuando llegó arriba, Martha se rió. "De hecho, ya que te gusta tanto estar ahí arriba, deberías pasar la noche. Entra, hija mía". Martha subió la escalera detrás de ella. "Piensa en lo que significa una zona prohibida", ululó Martha mientras cerraba la trampilla. La escalera se balanceó bajo el peso de Martha. Cuando sus tacones tocaron el suelo, chasquearon y luego se detuvieron. Ribby ya estaba llorando. "Pondré el cerrojo y apagaré la luz. ¿Me estás escuchando?"

Ribby sollozó aún más fuerte.

"Por si te lo estás preguntando, no sólo hay arañas ahí arriba. También hay pequeñas ratas peludas".

Ribby gritó y aporreó la puerta, suplicando a su madre que la dejara salir. Suplicando. Jurando que no volvería a desobedecerla. No hubo respuesta.

Fuera se oyó el portazo de un coche. Martha y uno de sus criados se alejaron a toda velocidad.

Algo peludo pasó rozando su pierna y ella corrió, tropezó y se golpeó la cabeza. Volvió a llamar a su madre. Seguía sin obtener respuesta.

Cuando Martha regresó, le dijo: "No vuelvas a subir ahí. Quiero decir, nunca".

"Sí, mamá", dijo Ribby, y nunca lo hizo.

El recuerdo de estar atrapada en el desván. La humillación de mojarse los pantalones. Toda la culpa y la vergüenza volvieron a inundarla con una venganza. El mismo recuerdo traumático. Obligando a Ribby a revivirlo, una y otra vez.

Tu madre es una VACA total y completa.

Tenía buenas intenciones. Fue una lección aprendida.

Mi pie tiene buenas intenciones, y se lo metería por el culo si vuelve a intentar algo así.

Me alegro de que ahora estés de mi lado.

Lo que sabía Angela ya no sorprendía ni escandalizaba a Ribby.

¡Y no lo olvides nunca!

Capítulo 11

ANGELA ESTABA COMPLETAMENTE DESCONCERTADA por la lealtad de Ribby hacia Martha. Vivir en la mente de Ribby con un relato de primera mano de la crueldad de Martha era insoportable.

Ángela utilizó su fuerza de diálogo interno para ayudar a Ribby a enfrentarse al pasado. Animó a Ribby a apretar los puños. Esto centró su energía en el momento. La acción funcionó al principio, incluso cuando Ribby tenía una pesadilla o un flashback.

Más tarde, Angela intentó recoger los malos recuerdos y empujarlos hacia atrás. Lejos. Tan lejos de la mente de Ribby que ya no fueran accesibles. En teoría era una buena idea, pero en realidad Angela no podía bloquearlos.

La única salida parecía ser la obvia. Alejar a Ribby de la situación de una vez por todas. A algún lugar, lejos, donde Martha no pudiera aprovecharse de ella, ni dañarla más. Angela pensó que tenía que ser una ruptura limpia. Esperaba el momento oportuno.

Las cosas buenas llegan a los que esperan.

Tras otra semana en la morada de Martha, Angela se alegró de salir de fiesta. Llevaba la peluca rubia, gafas de sol oscuras y un vestido rojo sin mangas. Con su nuevo atuendo, se sentía poderosa, invencible. También estaba decidida a no dejar que nada se interpusiera en su camino hacia la diversión.

Mientras caminaba hacia la discoteca, un grupo de adolescentes la silbaba y la llamaba. Eran meros adolescentes, pero chicos que deberían haberlo sabido.

Angela tiró del más cercano a ella por la parte delantera de la camisa. "Volved a acercaros a mí, cualquiera de vosotros, y os arrancaré las pelotas y os las daré de desayunar. ¿Entendido?"

Los chicos se echaron a correr.

Ángela se rió, se alisó la parte delantera del vestido y comprobó que no se había roto una uña. Encendió un cigarrillo y siguió caminando por la playa hasta el bar.

Feroz.

Vaya, ¿qué pasa? Aquello era más que un poco O.T.T.

Los niños se hacen hombres. Deberían aprender a respetar.

¡Corrieron como si fueras Bellatrix Lestrange!

¡No con esta peluca!

Al llegar al club nocturno, Ribby se acercó a la barra y pidió una copa. Sorbió a regañadientes. Angela tomó el relevo y le devolvió el Martini. Pidió otra, llamando la atención de un gorila muy en forma que había en la entrada.

Esperemos uno o dos minutos más a Nigel.

De todos modos, no se acordará de nosotros.

Sí que se acordará de mí.

Dos Martinis más tarde.

Vámonos; aquí no pasa nada.

Paciencia, querido amigo, paciencia.

El portero se separó de los jóvenes que bajaban las escaleras y se dirigió hacia donde estaba sentado Ribby.

"¿Cómo estás?", dijo esforzándose demasiado por ser sexy.

"Muy bien, gracias", dijo Ribby.

Cállate Rib deja que me encargue de esto. "La verdad es que este sitio es Bores-ville esta noche".

"Sí, esto se parece un poco a Barrio Sésamo, ¿verdad?", dijo el portero antes de presentarse como "Ed; Ed el portero".

"Yo soy Angela".

"Encantado de conocerte, Angela", dijo Ed mientras intentaba mirar por la parte delantera de su vestido. "Eh, si quieres pasar un buen rato, quédate por aquí hasta las dos. A esa hora salgo del trabajo. ¿Podemos salir a algún sitio?"

"Eh, gracias por la oferta", dijo Ribby, "pero, tenemos que....".

"Puedo volver sobre las 2:30", dijo Angela. "¿Dónde quedamos?"

Ed fue muy específico sobre el lugar apartado de la playa.

Angela esperaba que fuera tan bueno como parecía.

No PUEDO CREER QUE hayas quedado con ese matón. NO vamos a ir en absoluto.

Rib, no te preocupes. Tranquilízate. Échate una siesta. Luego te cuento. Ahora vete, pequeña, noche de camisón.

A las 2:30, Angela esperaba en la playa. Se había puesto un vestido negro.

Ed, el gorila, apareció y ella le llamó. Se tambaleó hacia ella.

"Estás cabreada".

"Un poco, pero no lo suficiente". La empujó al suelo, le rasgó el vestido y cayó encima de ella.

"Tranquilo, chico, tranquilo", dijo Angela intentando recuperar el control.

"Vamos, nena. Prometí hacerte pasar un buen rato". Apretó la boca contra la de ella.

"Ay", dijo Angela, "no tan fuerte, nena. No me gusta lo duro".

Pero a Ed no parecía importarle. Sus manos rasgaban y desgarraban.

"¿Tu madre no te ha enseñado modales?". dijo Angela, mientras lo empujaba hacia atrás con los dedos separados. "Las mujeres como yo queremos que un hombre sea amable, gentil". Le golpeó el pecho.

Él le agarró las muñecas con sus enormes manos y se sentó a horcajadas sobre ella. "Algunas mujeres sí, y otras no". Se rió. "Te tenía calada desde el momento en que te vi. Sentada en la barra con el vestido por las nubes. Mirando a todos los tipos que entraban por la puerta. Desesperada. Ansiosa de sexo".

"Espera un momento", dijo Angela, luchando por liberarse. "Sí que te deseo, pero no aquí. Me gustaría que fuera, ya sabes, un poco más romántico para ser mi primera vez".

Ed se quedó paralizado.

Ella continuó. "¿Has visto alguna vez la película De aquí a la eternidad, con Burt Lancaster y Deborah Kerr? ¿Sabes en la que lo hacen mientras llega el oleaje?".

Se inclinó más hacia él. "Claro, es un clásico". Se inclinó y le besó el cuello. "Menos charla, ¿eh, nena?".

"Acércate más al agua, como en la película, ¿me entiendes?". susurró Angela. "Llévame allí, te quiero allí".

Ed se detuvo. Ella se apartó y se levantó.

Metió la mano en el bolso, lo dejó caer y corrió hacia el agua. Miró por encima del hombro. Él la observaba.

En la orilla, se levantó el dobladillo del vestido.

Ed se arrancó la camisa y corrió en su dirección, dejando caer los vaqueros por el camino.

Cuando se abalanzó sobre ella, la llave que sostenía se le clavó en la cuenca del ojo. Él gritó y luego gimió cuando su ingle chocó con la rodilla de ella. Ella se encogió al oír el sonido de aplastamiento cuando le sacó la llave del ojo. Mientras la sangre le corría por la cara, sollozó y rodó sujetándose la ingle. Le clavó la llave en el cuello, tocando una arteria. La sangre brotó como el agua de la manguera de un bombero.

Se alejó unos pasos del cadáver y sumergió los dedos de los pies en el agua. De vez en cuando le echaba un vistazo. Hasta que dejó de moverse. Volvió atrás y escuchó para ver si estaba muerto: lo estaba. Por fin. Lo hizo rodar, como un saco de patatas, cada vez más profundamente en el agua. Con cada empujón, el cadáver parecía cada vez más ligero.

Arquímedes tenía razón.

Cuando estuvo tan lejos como pudo, nadó de vuelta a la orilla, recogió su ropa y se vistió de nuevo.

Dejó sus cosas donde las había dejado.

Cuando el sol del nuevo día tiñó el cielo de un rojo ardiente, Angela volvió al agua.

Recorrió la orilla y no vio ni rastro de él. Sumergió la llave en el agua para enjuagarse la sangre y se marchó a casa. Tras una larga ducha, durmió como un bebé.

Capítulo 12

RIBBY ABRIÓ LOS OJOS. El sol que entraba a raudales la hizo estremecerse. Una sensación familiar de déjà vu la hizo incorporarse. Se estiró y bostezó, preguntándose por qué se sentía tan mal. No recordaba nada de lo que había pasado en el bar.

Salió de la cama y puso el café a hervir mientras se duchaba y se vestía. Vio su vestido arrugado en el suelo. Lo recogió y la arena cayó al suelo. Se encogió de hombros y lo tiró al cesto de la ropa sucia.

Mientras echaba azúcar en el café, pensó en el vestido y en la arena. Intentó recordar la noche anterior, pero no le vino nada.

Buscó el periódico en la puerta. Echó un vistazo al titular mientras recogía el café. Se metió el periódico bajo el brazo, apartó las puertas de cristal y fue asaltada por sonidos de caos. Coches de policía. Ambulancias. Camiones de bomberos. La prensa. Una multitud de curiosos. Un caos y no muy lejos de su casa. La policía había bloqueado la mayor parte de la zona con barreras de arena. Cerca de la orilla habían acordonado otra zona con banderas.

Ángela tenía una idea bastante clara de por qué tanto alboroto.

Tengo que ver qué pasa.

Quizá sea un plató cerrado para un programa de telerrealidad. O una película.

Eso sería emocionante. Voy a echar un vistazo.

Ribby se vistió y se fue a la playa. Se abrió paso entre la multitud y preguntó a una anciana qué había pasado.

"Muerto", dijo la mujer. "Lo encontraron muerto. Las tortugas mordedoras deben de haberle cogido. Qué espectáculo". Se secó la frente con un pañuelo.

Duuun dun duuun dun dun dun dun dun BOM BOM...

¿El tema de Jaw? ¿Es necesario? Dijo que era una tortuga mordedora.

"Dios mío, pobre hombre".

Lo hice a mi manera.

Tú, shh. Por favor.

El policía tenía un megáfono. Pidió a todo el mundo que se dispersara a menos que tuvieran pruebas que presentar.

Duuun dun duuun dun dun dun dun dun, BOM BOM...

Tortuga mordedora.

RIBBY, ASUSTADA POR EL caos que rodeaba su nuevo hogar, volvió a su antigua casa.

¿Por qué vuelves allí? Quédate aquí a ver qué pasa.

No, quiero alejarme del ruido.

¿Y si Martha y uno de sus pretendientes son más ruidosos con el rebote?

Ewww. Cruzaré ese puente cuando llegue a él.

Abrió las persianas del salón. Fuera no se movía nada, ni siquiera una brisa. El reloj sonaba detrás de ella al ritmo de los latidos de su corazón. Había silencio, casi demasiado. Cerró las persianas.

Cogió el mando a distancia y encendió la televisión. Hizo clic, pero no encontró nada que despertara su interés. Hojeó una revista y luego eligió un libro de la estantería. Ninguno de los dos le llamó la atención. Fue a la cocina y se preparó una taza de té.

Al volver, sonó el timbre de la puerta principal. Abrió la puerta y se encontró cara a cara con su vecina. La señora Engle llevaba dos cacerolas.

"Hola, Ribby", dijo la señora Engle abriéndose paso. "Tu madre me dijo que tenías sitio en la nevera para esto". La señora Engle colocó la cazuela sobre la mesa, abrió la nevera y se inclinó para espiar un sitio.

"He estado fuera todo el fin de semana. Ni siquiera he tenido ocasión de mirar en la nevera".

"Hay sitio de sobra. Necesito..." La Sra. Engle no terminó. Lo cambió todo de sitio y luego metió sus cosas. "Volveré a buscarlo dentro de unos días, Rib. Mi tío abuelo Phil ha muerto. Vienen todos a la mía. Comen mucho. Tu madre dijo que todo lo que pudiera meter le parecería bien".

"Siento lo de tu tío. Por supuesto, siempre serás bienvenido". Ribby empezó a caminar hacia la puerta principal con la esperanza de que su vecina la siguiera.

"Eres un encanto, Rib", vaciló la señora Engle, se quedó inmóvil. "¿Sigues entreteniendo a esos queridos pequeños del Hospital?".

"Claro que sí. Sin falta, todos los lunes".

Se dirigieron a la puerta principal.

"Por cierto, tu madre dijo que estaría fuera hasta el martes o el miércoles. Ella y Tom, o Jerry, no sé cuál de los dos, se fueron unos días a la costa. Es asmático, ¿no lo sabías? Su médico le sugirió salir de la ciudad. Tu madre fue con ella para hacerle compañía, y se llevó a Scamp".

Ribby se cruzó de brazos. "Mamá se ha ido de vacaciones. Ojalá lo hubiera sabido, pues podría haberme quedado un poco más en casa de mi amiga Angela".

Las cejas de la señora Engle se alzaron. "Bueno, no tenía el número de teléfono de tu amiga".

"Gracias por avisarme". Ribby abrió la puerta y siguió a la señora Engle hasta el porche.

En la oscuridad, los mosquitos zumbaban y los grillos chirriaban. Sus brazos cruzados resultaban poca protección contra el frescor del aire nocturno.

"Buenas noches, Ribby, y gracias de nuevo".

"Buenas noches, señora Engle". Ribby cerró la puerta principal y echó el pestillo.

Es una vieja loca.

Es nuestra vecina desde que yo era pequeña.

Oh, las historias que podría contar.

No es una cotilla, como otros vecinos.

La vida en los suburbios.

Sí, es muy aburrida la mayor parte del tiempo.

Hay demasiado silencio por aquí y tengo sed. Quiero decir de beber. Una bebida de verdad.

Mamá probablemente tenga algo de Jack Daniels, pero lo echará de menos si nos tomamos una gota.

Vamos, vive peligrosamente.

Ribby asintió, se sirvió un jigger y lo volvió a echar. Se quemó al bajar. Fue una buena quemadura.

Más, por favor.

Será mejor que lo cambiemos antes de que mamá se dé cuenta.

Piénsalo... ¿quién lo ha pagado? Nosotros.

Sí, pero toda la botella. Me duele el estómago y me da vueltas la cabeza.

Hora de irse a la cama. A dormir la mona.

Al subir las escaleras, Ribby se agarró a la barandilla para estabilizarse. En su habitación se quitó la ropa y se tumbó en la cama. Se incorporó y recordó que no había cerrado la puerta. Se balanceó hacia ella, la cerró y volvió a caer en la cama.

Más vale prevenir que curar.

Pronto Ribby se quedó profundamente dormido. Soñó que era Deborah Kerr haciendo el amor con Burt Lancaster en De aquí a la eternidad.

Las olas rompían sobre sus cuerpos mientras los llevaban hacia el mar. Se abrazaban profundamente. Entonces, Lancaster la miró, pero ya no era Burt Lancaster. Era un desconocido. Su ojo tenía una llave clavada. Tenía sangre en las manos.

Ribby se despertó gritando. Saltó de la cama y corrió al cuarto de baño para lavarse la sangre de las manos. Al abrir el grifo, se miró los dedos. La sangre ya no estaba allí. Angela siguió soñando.

Capítulo 13

TÓMATE EL DÍA LIBRE.

¿Me estás pidiendo que llame para decir que estoy enferma? No voy a decir que estoy enferma.

Al menos déjate de hospital. No puedo ir hoy.

Me lo pensaré.

A medida que avanzaba el día, Ribby tenía una sensación de inquietud.

Por primera vez, llamó al hospital y canceló su actuación. "Lo compensaré y haré dos actuaciones otra semana", dijo, para sentirse mejor.

Gracias, Rib.

No lo hago porque me lo hayas pedido, lo he cancelado porque necesito irme a casa.

¿Por qué? ¿Quieres decir a casa de Martha? Ni siquiera está allí.

No sé por qué. Sólo sé que tengo que ir.

¡Como quieras!

Después del trabajo cogió el autobús y pronto llegó a su casa. Allí, sentada en el porche, había una mujer. Una desconocida. Al acercarse, oyó sollozos y la mujer levantó la vista. Era la hermana de su madre, la tía Tizzy, a la que *hacía años que no veía. Ribby no sabía qué había pasado entre ellas, pero sí sabía que la tía Tizzy había jurado no volver a pisar la puerta de su hermana. Y, sin embargo, allí estaba.*

¿Qué hacía aquí?

Ni idea. Seguro que nos lo dirá a su debido tiempo.

Será interesante. No.

Ribby recordó su último encuentro. Fue en su séptimo cumpleaños. Tía Tizzy le había hecho una tarta especial de muñeca Barbie. Tenía un vestido rosa de azúcar glaseado, con lazos alrededor hechos con cerezas al marrasquino y coco. El cuerpo de Barbie estaba en el centro de la tarta. Cuando todos hubieron comido su trozo, Ribby, la cumpleañera, sacó a Barbie. Se la podía quedar. La tía Tizzy había comprado varios trajes para Barbie. Lo único era que la tía Tizzy se había olvidado de envolver a Barbie antes de meterla en la tarta. Durante semanas, el glaseado, el coco y la tarta cayeron de los apéndices de la muñeca.

"Entra, tía Tizzy", dijo Ribby después de librarse del agarre de su tía. "¿Qué ha pasado? ¿Está bien mamá?"

"Esto no tiene nada que ver con Martha", dijo ella, seguida de otro ataque de llanto.

No lo necesitamos. Dile que se vaya a un hotel.

No puedo hacerlo, es de la familia.

Es una reina del drama.

Una vez dentro, Ribby le ofreció a Tizzy una taza de té. Ella la rechazó.

"Vamos a distraerte y a ver la televisión. ¿Tienes hambre? ¿Puedo pedir algo o preparar algo?"

"Si no te importa, me gustaría prepararte la cena", sugirió la tía Tizzy. "Me distraerá de todo, más que ver la tele". Entró en la cocina. "¿Un delantal?"

Ribby abrió el cajón y sacó uno de los delantales de Martha.

La tía Tizzy se lo abrochó. "¿Qué te gusta comer?"

"Sorpréndeme", dijo Ribby. "Si no encuentras algo, grita".

"Lo haré".

Incluso con la televisión encendida, Ribby oía a su tía revolverse en la cocina y canturrear.

Un rato después, oyó que ponían platos y cubiertos en la mesa y entró para preguntar si podía ayudar.

"No, siéntate", le dijo la tía Tizzy. "Espaguetis a la boloñesa y pan de ajo con queso enseguida. ¿Qué te apetece beber? ¿Tienes vino?"

"Sólo agua. Voy a ver si hay vino".

"No, está bien. No necesito nada. Sólo pensé que te apetecería".

Charlaron y disfrutaron de una cena encantadora, luego recogieron.

"Estoy agotada", dijo la tía Tizzy. "El sofá está bien. No quiero causar problemas".

"No es ninguna molestia, puedes dormir en la habitación de mi madre. "

"¿Estás seguro de que no le importará?"

"No, creo que se alegrará de que hayas venido".

Se sorprendería de verla.

Horas después, Ribby daba vueltas en la cama. Al otro lado del pasillo resonaban los sollozos esporádicos de su tía.

En la lista de cosas que comprar, un par de auriculares antirruido.

Buena idea.

Para eso estoy aquí.

Capítulo 14

E N EL SUEÑO, RIBBY flotaba en lo alto de una nube. Todo era blanco y negro, excepto su vestido rojo. Era como un vestido de novia con una larga cola que fluía sobre los bordes de la nube.

Flotaba en su apartamento y se veía a sí misma haciendo el amor con alguien, no una, sino dos veces. Cuando ella se quedó dormida, el hombre se vistió y abandonó el edificio.

En la calle, ahora era Ángela. Caminó manzanas y manzanas, y luego se adentró en el océano. Cada vez se adentraba más y más, mientras el agua subía por encima de su cabeza.

Ribby quiso agacharse y agarrarla para salvarla, pero no pudo. Llamó a Angela desde lo alto de su nube, tirando hacia abajo la cola de su vestido, rogándole que se agarrara a ella. Pero Angela no parecía oírla.

Ángela estaba completamente sumergida. Sólo las burbujas subían a la superficie.

Ribby se zambulló en el agua desde su nube.

Cuando encontró a Angela, flotó boca abajo.

Ribby se convirtió en Angela, Angela se convirtió en Ribby y juntas atravesaron la superficie.

Capítulo 15

Cuando Ribby se despertó, las voces de la radio susurraban escaleras arriba. Se preguntó si su madre habría vuelto.

Se vistió y bajó las escaleras, donde la tía Tizzy estaba sentada como una muerta en la mesa de la cocina.

La cafetera hervía a borbotones. La tía Tizzy ya había puesto la mesa con cuencos de cereales, tostadas y mermelada.

"Buenos días", dijo Ribby. "¿Has dormido bien?

La tía Tizzy asintió sin decir palabra.

Ribby le habría preguntado por el motivo de su visita, pero decidió no hacerlo. No quería que su tía volviera a lamentarse. Ya le contaría por qué había venido cuando estuviera preparada.

Ojalá se pusiera manos a la obra. No ha venido hasta aquí para nada.

Shhhh. No seas grosera.

Tras unos instantes de silencio, Ribby salió al porche para recoger el periódico. Los titulares decían: "Autopsia completada   ¡Asesinado!". Ojeó la noticia sobre Jason Edward Thompson, la identidad del hombre hallado muerto cerca de su apartamento. Se fijó en la foto y lo reconoció: era Ed el Gorila. Era un tipo grande y se preguntó cómo podía ocurrir algo así en el barrio donde vivía. Era triste que muriera tan joven y, aunque no lo conocía, sintió pena por su familia.

Ribby dejó el periódico sobre la mesa de la cocina y se sirvió una taza de café. Se volvió hacia su tía. "Cuando estés dispuesta a hablar, aquí me tienes".

"No tenía otro sitio adonde ir", dijo la tía Tizzy. "Mi marido me dejó por otra mujer. Mi hija me odia. Dice que su padre no se habría ido a buscar a otra si yo hubiera sido mejor esposa para él. Jenny tiene veinticinco años, nunca ha salido de casa y está sola, quizá incluso viviendo en la calle. Tuve que venir a ver si podía encontrarla y traerla a casa. Su amiga me dijo que estaba bastante segura de que Jenny se dirigía hacia aquí. Esperaba que se pusiera en contacto contigo. ¿Sabes algo de ella?"

Oh, hermano.

"Lo siento, pero he estado fuera todo el fin de semana y mi madre también. ¿Tiene ella nuestra dirección?"

"Puede que la haya cogido de mi teléfono. No tiene mucho dinero, ni siquiera una tarjeta de crédito. Mi marido me echa la culpa. Está tan preocupado como yo, pero tiene su parte para consolarlo". Le tembló la voz.

Parece un episodio de The Young and the Restless.

Compórtate.

"Debes de estar muy preocupada. Lo siento, pero tengo que vestirme e ir a trabajar. Si quieres, ¿podríamos quedar para comer y seguir hablando?". Ribby se apresuró a subir las escaleras mientras ella continuaba. "Trabajo en la Biblioteca. Puede que venga a utilizar el wi-fi gratuito. Mucha gente lo hace. También podrías aventurarte por la ciudad y buscarla".

"Prefiero quedarme aquí, pero ella tiene mi número de móvil".

"¿Te has puesto en contacto con la policía?"

"Les he llamado. Tienen mi número y el de Gordon. ¿Qué más puedo hacer?"

"¿Tienes una foto reciente de Jenny?". Se echó el vestido por la cabeza y añadió: "Haré unos folletos y podemos repartirlos por la ciudad".

"Bien pensado. Me alegro mucho de haber venido", dijo la tía Tizzy.

Ribby se pasó un cepillo por el pelo. Se apresuró a bajar a la cocina. La tía Tizzy rebuscó en su bolso, sacó una fotografía de su hija y se la entregó. Le dijo a su tía que se sintiera como en casa y salió, deteniéndose un momento para echar un vistazo a la casa.

Su tía la saludó como a una niña perdida desde detrás de las persianas abiertas.

Capítulo 16

R IBBY NO FUE A trabajar porque Angela avisó de que estaba enferma.

Angela fue al apartamento y se puso el bañador. Mientras la luz directa del sol estaba en su balcón, cogió unos cuantos rayos. Cuando se fue, se puso un vestido de verano sobre el bañador, hizo la maleta y se dirigió a la playa. A Ángela le gustaba el ajetreo, el zumbido y los sonidos de la ciudad. Los constantes lamentos y lloriqueos de la tía Tizzy la estaban volviendo loca.

Al pasar junto al recinto escolar, vio a una niña llorando. La niña levantó la vista, y luego volvió a bajarla como si no quisiera llamar la atención.

"¿Qué le pasa? preguntó Angela.

"Nada", respondió la niña.

Sonó el timbre del colegio, y la niña se secó las lágrimas y se alisó el vestido.

Ángela la observó, con la esperanza de haber ayudado de algún modo al detenerse.

La niña se volvió hacia ella y le sacó la lengua.

Señora descarada.

Angela compró un ejemplar de Lo que el viento se llevó para leerlo en la playa.

"Me hace llorar", le dijo la señora de detrás de la caja.

"Rhett Butler podría comer galletas en mi cama en cualquier momento", replicó Angela.

La arena estaba abrasadoramente caliente y le chirriaba los laterales de las sandalias. Le encantaba la playa, pero que la arena se acumulara por todas partes, no tanto.

Extendió la manta, se tumbó boca abajo y abrió el libro. Observó a las parejas que pasaban cogidas de la mano, enamoradas la una de la otra. Las gaviotas revoloteaban alrededor de su cabeza apuntando como si su peluca rubia fuera una diana.

Angela se durmió escuchando el sonido de las gaviotas y las olas rompiendo en la orilla. Cuando se despertó, eran casi las cinco de la tarde y recogió sus cosas y las metió en la mochila. El sol no daba calor. Su falda se retorcía alrededor de sus piernas con el viento.

No era su noche habitual de actuación en el hospital. Era una actuación de maquillaje.

Ribby hizo un folleto e imprimió algunas copias con la intención de pegar unas cuantas por el camino y en el tablón de anuncios del hospital.

¿Por qué tenemos que seguir actuando para esos mocosos?

#1. No son mocosos. Son angelitos a los que les ha tocado una mala mano. #2. Haré cualquier cosa para hacerles sonreír, para verles reír. Para aliviar la carga de sus familias. #3. Si no te gusta, puedes hacer bulto.

Así me lo han dicho.
Exacto.
Por ahora.

DESPUÉS DE LA ACTUACIÓN en el hospital, Ribby volvió a casa. Delante de su casa estaba la furgoneta blanca de Attics-R-Us. Echó un vistazo a la ventana, se dio cuenta de que las persianas estaban abiertas y subió corriendo las escaleras. Sonó un grito que helaba la sangre.

El corazón de Ribby latió con tanta fuerza que pensó que se le iba a salir del pecho. Corrió por el pasillo hasta la cocina, donde encontró a la tía Tizzy en el suelo, golpeando con los puños la voluminosa figura del hombre de Attics-R-Us.

Ribby no dudó cuando ella metió la mano en el cajón de los cubiertos y sacó un gran cuchillo. Se abalanzó sobre él y le clavó el cuchillo en la espalda.

Cayó hacia delante, emitiendo un espantoso gorgoteo. Ribby sacó el cuchillo y manó sangre.

La tía Tizzy, atrapada bajo el fornido cuerpo del hombre, le dio un empujón.

Ribby la ayudó a levantarse y los dos se apartaron mientras el charco de sangre se expandía.

La tía Tizzy gritó.

Ribby gritó.

Como dos pollos sin cabeza, corrieron por la cocina llorando y chillando.

ALTO.

Ribby obedeció y se quedó quieto.

La tía Tizzy siguió corriendo de un lado a otro.

PARA. Me estás mareando, tía Tizzy.

Ella se detuvo. Miró el cuerpo, el charco de sangre. Se levantó el vestido. Más sangre. Intentó limpiarla.

"Necesito..." La tía Tizzy fue al lavabo y vomitó en él.

Ribby escuchó el sonido de los vómitos y el tic-tac del reloj. Tamborileó con los dedos sobre la mesa de la cocina.

Calma. Ya estoy tranquila.

Por Dios, Ribby.

Tenía que salvar a la tía Tizzy. Tenía que hacerlo. Quizá no esté muerto. ¿Quizá debería llamar a una ambulancia?

No hay ambulancia. Comprueba si tiene pulso.

Ribby le cogió la muñeca.

¿No necesitas un reloj para esto?

Angela se hizo cargo.

Muerta como un clavo.

He matado a alguien, ¡he matado a alguien!

Sí, lo has hecho. Me has sorprendido. Ahora, necesitamos un plan.

Primero tengo que hablar con mi tía.

No, necesitamos un plan. La tía Tizzy puede esperar.

La tía Tizzy intentó sentarse, pero en vez de hacerlo gritó y corrió escaleras arriba.

Tenemos que darle la vuelta.

¿Y el cuchillo?

Bajo el fregadero, busca los guantes de goma. Luego busca algo donde meterlo, como un periódico, una manta o una toalla. Algo que no se pierda.

Ribby encontró los guantes y se los puso. Cogió un periódico de la papelera de reciclaje en el que envolvió el cuchillo, además de una manta y una toalla del armario de la ropa blanca.

Ahora, de nuevo junto al cadáver, se agachó y le dio un empujón. Volvió a rebotar. Hizo otro intento, esta vez empujando el cuerpo con el movimiento y sujetándolo con la pierna. Tuvo arcadas, pero consiguió contener el contenido de su estómago. Lo volteó el resto del camino. Su pene se desplomó y su cabeza golpeó la pata de la mesa con un ruido sordo. Le echó la manta por encima, convencida de que ya estaba muerto.

Desde el piso de arriba, la tía Tizzy gritó: "¿Quién demonios era ese hijo de puta?".

L A TÍA TIZZY VOLVIÓ a la cocina. "Deberíamos llamar a la policía", dijo.

Por supuesto que no.

Tiene razón, hay que llamar a la policía.

¿Quieres ir a la cárcel por matar a ese violador hijo de puta?

Te lo explicaré. Estaba salvando a la tía Tizzy.

¿Pero cómo vas a explicar por qué estaba aquí en primer lugar?

"Tía Tizzy. ¿Cómo ha entrado? ¿Por qué le dejaste entrar?" preguntó Ribby.

"Llamó a la puerta y entró directamente, como si le esperaran. Supuse que era amigo de Martha y le ofrecí una taza de café. En cuanto le di la espalda, me empujó al suelo y... y..." se puso las manos en la cara y sollozó.

Ribby la consoló: "Todo va a salir bien. Te lo prometo. Lo solucionaremos".

Tenemos que deshacernos del cuerpo.

¡Deshacernos de él! ¿Cómo? ¿Por qué?

Porque tú lo mataste y porque su furgoneta sigue aparcada delante de la casa.

La furgoneta. Me olvidé de la furgoneta.

Tenemos que sacarlo de aquí.

Es demasiado pesado para levantarlo. Tenemos una carretilla.

Buena idea. Lo pondremos en la carretilla.

"Tía Tizzy", Ribby le dio una palmadita en la mano. "¿Por qué no nos preparas una buena taza de té? Voy a salir un momento... puedes prepararnos una taza de té, ¿sí?".

"¿Me vas a dejar sola   con eso?".

"Sólo tardaré unos minutos. Prepara el té y olvídate de él. Ahora no puede hacerte daño".

Una vez fuera, Ribby abrió el cobertizo y sacó la carretilla. La empujó, con las ruedas chirriando por el césped. Intentó subirla por las escaleras, pero incluso vacía era demasiado difícil. Se dio la vuelta a sí misma y a la carretilla. Caminando hacia atrás, tiró de ella hasta que subió los escalones del porche. Agotada, abrió la puerta principal y siguió empujando la carretilla por el pasillo hasta la cocina.

Pídele que te ayude. Me refiero a meterlo dentro.

Lo haré. Tenemos que deshacernos de su cuerpo antes de que salga el sol. "¿Y qué pasa con su furgoneta?"

"¿Qué furgoneta?" preguntó la tía Tizzy.

Uy. He dicho eso, ¿no?

Sí.

"Se ha dejado la furgoneta fuera", dijo Ribby. Cerró la puerta principal tras de sí.

"Deshagámonos del cadáver y de la furgoneta al mismo tiempo", sugirió la tía Tizzy.

Ahora se está animando.

Ay, hermano.

Justo cuando se disponían a colocar el cadáver en la carretilla, les interrumpió un golpe en la puerta principal.

"¿Quién será?" susurró la tía Tizzy.

Ribby se acercó de puntillas a la puerta y se asomó por el ojo de la cerradura. Era la señora Engle, armada con grandes bandejas de comida en cada mano. Debió de llamar con el codo. Ribby se miró; tenía manchas de sangre por toda la ropa.

"Yoo-hoo, Ribby. Soy yo, la señora Engle. Tengo que meter un par de cosas más en tu nevera. Espero que no te importe".

Ribby cogió su abrigo del gancho y se lo puso, luego abrió la puerta. Se ofreció a colocar las bandejas en el frigorífico. Intentó cerrar la puerta con el pie.

"Muchas gracias, querida", dijo la Sra. Engel. "Ah, por cierto, me voy unos días y luego vuelvo para el funeral. Entraré con la llave de repuesto si no estás". Se inclinó antes de susurrar. "Todo el mundo vendrá a comer aquí después del funeral. Nunca he entendido por qué los funerales dan tanta hambre a los familiares. Supongo que es una reacción natural, ante la mortalidad de un ser querido. A mí siempre me produce el efecto contrario".

"Espero que todo... vaya bien para ti y tu familia", dijo Ribby intentando cerrar de nuevo la puerta.

"Gracias, querida". La señora Engel bajó las escaleras y salió al césped.

Ribby respiró aliviado, pero siguió observando,

La señora Engle se volvió: "Por cierto, ¿tenéis noticias de Martha?".

"No, no, no hemos tenido noticias", admitió Ribby.

"Oh, pensaba que..." dijo la Sra. Engel, mirando la furgoneta blanca.

"Será mejor que le meta esto en la nevera, señora Engel", dijo Ribby. "Huelen tan bien y tengo tanta hambre que podría comérmelos ahora mismo".

"Puedes comerte las sobras en mi casa después de la reunión. Sería un pecado quedarnos sin comida". Se dio la vuelta y se dirigió a casa.

"¡Uf!" dijo Ribby. Cerró la puerta principal de una patada y entró en la cocina. La tía Tizzy estaba acurrucada en un rincón, retorciéndose las manos como Lady Macbeth.

Ribby guardó los guisos, se arrancó el abrigo y lo tiró al pasillo, y luego se ocupó de su tía.

"¿Qué vamos a hacer, Ribby?". dijo la tía Tizzy. "Tenemos que sacarlo de aquí. ¿Qué vamos a hacer? ¿Qué? ¿Qué? ¿Qué?"

Ribby abofeteó a Tizzy. Tras la conmoción inicial, se abrazaron.

"Tengo un plan, tía Tizzy. No te preocupes. Pero primero tengo que coger unas cosas del cobertizo de fuera. Ahora vuelvo, te lo prometo".

Cuando la señora Engle y su hermana se perdieron de vista, Ribby salió, dejando a la tía Tizzy desplomada en el sofá.

Tía Tizzy comprobó si había novedades en su teléfono. Sonó un SMS de su marido. Jenny estaba con él. Estaba bien y a salvo.

Tizzy cerró los ojos y dejó que la invadiera el alivio de saber que su hija estaba a salvo. Había sido un día duro.

Las abrumadoras emociones de los últimos días se agolparon en su interior como una ola gigante. Todas las emociones salieron a la superficie. El dolor, el alivio, el dolor, el arrepentimiento.

Tizzy intentó levantarse, pero las rodillas le fallaron. Temblaba y se estremecía mientras intentaba ocultarse de la verdad y a la vez aceptarla.

Capítulo 17

RIBBY VOLVIÓ A LA cocina. Llevaba consigo algunas herramientas: una pala, un hacha, una lona, un par de monos, guantes de jardinería y un par de tijeras. Evaluó la situación.

¿Para qué demonios sirven todas esas cosas?

Sólo cogí cosas al azar que pensé que podrían ayudar.

Claro que sí.

Ribby se puso las manos en las caderas. "Ahora vamos a meterlo en la carretilla".

"¿Estás seguro de que cabrá?" preguntó la tía Tizzy.

Sí, cabrá.

Tiene que caber, no tenemos plan B.

"Usaremos la manta y lo arrastraremos sobre ella", ofreció Ribby. "No tenemos que levantarlo, en sí. Lo enrollaremos en la manta y podremos ajustarlo como necesitemos. Sólo tenemos que meterlo en la carretilla y a partir de ahí será fácil".

"Ribby, ¡me estás asustando! Es como si ya hubieras hecho esto antes", dijo la tía Tizzy. "Eh, no lo has hecho, ¿verdad?".

"Dios, no, tía Tizzy, pero he leído libros y he visto películas. Ahora en marcha. Agárrate al otro extremo de la manta y, cuando llegue a la cuenta de tres, lo cambiamos los dos de sitio. ¿De acuerdo?"

Una vez que tomaron impulso, fue fácil hacerlo rodar sobre la manta. Ahora venía la parte difícil.

"Y otra vez. Después de tres".

"Vale Rib, lo que tú digas".

"1, 2, 3 heave ho!" dijo Ribby. La cabeza del muerto emitió un sonido metálico al chocar con el recipiente de metal.

"¡Una vez más!" ordenó Ribby, "1, 2, 3   ¡sí!". dijo Ribby mientras depositaban el cadáver tres cuartas partes del camino sobre la carretilla.

"Ahora, yo lo pondré en posición vertical", dijo Ribby, "y tú mete las piernas y... sus partes".

"¡No voy a meter eso en ningún sitio!". dijo la tía Tizzy. "¡Puede colgar hasta la llegada del Reino!".

Ribby se echó a reír a su pesar, y pronto la tía Tizzy también cayó en un ataque de risa.

Las dos mujeres estaban histéricas.

Aficionadas.

Angela recogió el cuchillo envuelto y se lo llevó arriba. Limpió la sangre y las huellas dactilares antes de volver a envolverlo. Escondió el cuchillo en el fondo del cajón de los calcetines de Martha.

Angela volvió al piso de abajo, donde fregó el desorden sangriento de la cocina.

Cuando terminó, tanto Ribby como Tiz estaban lo bastante calmados.

Ponte a ello, Rib.
"Vamos, tía Tiz. Vamos a hacerlo".
"Estoy contigo".
¡Aleluya! Hemos despegado.

V ALE, AHORA TENEMOS QUE encontrar las llaves de su coche. Busca en sus bolsillos, Tizzy".

"¡No lo haré!"

"Quítate de en medio", dijo Angela. Encontró las llaves en el bolsillo de su abrigo.

"Ahora, le llevamos a la furgoneta y luego...".

"¿Quieres decir llevarlo fuera, en esto?" preguntó la tía Tizzy.

"Sí. No tenemos elección, Tiz. Tenemos que hacerlo mientras esté oscuro. Tenemos que meterle en su furgoneta".

"¿Cómo lo meteremos en ella, Rib? Es imposible".

"Tenemos que hacerlo. No tenemos elección", dijo Ribby.

Ribby echó la lona sobre el cadáver.

Ves, te dije que te sería útil.

Qué listo.

Ribby y la tía Tizzy tuvieron que empujar juntos para llevar el cadáver a la furgoneta. Ribby desbloqueó la puerta del conductor y abrió la parte trasera de la furgoneta. Pulsó un botón azul justo dentro de la zona de carga y el elevador hidráulico gimió hacia abajo. Juntas, las dos mujeres consiguieron subir la carretilla al elevador y pronto el cadáver estuvo en la parte trasera de la furgoneta.

Ribby volvió a entrar y se quitó la ropa ensangrentada, escondiéndola en una bolsa de plástico en el fondo del armario.

¿Y el cuchillo?

Está bien, me las arreglé.

Una vez fuera de nuevo, Ribby dijo: "Tienes que conducir tú, tía Tizzy, porque yo no sé hacerlo".

"¡Pero estoy demasiado asustada para conducir en una ciudad tan grande! ¡No puedo! No quiero!"

"Mira, no tenemos tiempo para estas tonterías", intervino Ángela. "¡Te da miedo conducir cuando tenemos que deshacernos de un muerto enorme! Por no hablar de los vecinos entrometidos. Tenemos que deshacernos de su furgoneta y de su cadáver mientras esté oscuro".

"A menos que quieras que llame a la policía y les diga que lo hemos matado, tía Tizzy.

La tía Tizzy se quedó boquiabierta.

Técnicamente, Rib, tú le asesinaste. Es un decir.

Ya lo sé.

Tía Tizzy ciérralo o entrará una polilla volando.

"Seguiremos hasta The Bluffs, donde podremos deshacernos del cadáver y de la furgoneta, tía Tizzy, pero tienes que espabilar. ¡Tienes que llevarnos allí! ¿Qué te parece?"

La tía Tizzy asintió.

"De acuerdo entonces, ¡vamos!". Ribby puso las llaves del muerto en la palma de la mano temblorosa de su tía.

Capítulo 18

A PESAR DE TODO, la tía Tizzy era una buena conductora, aunque nerviosa.

De camino, pararon en una gasolinera, no lejos de The Bluffs, donde Ribby pidió un taxi que los recogiera dentro de una hora.

Cuando se adentraron en la zona apartada, Ribby dijo: "Pon las luces largas, tía Tizzy". Avanzaron lentamente, mientras la luna en el horizonte los acercaba.

"¡Para!" dijo Ribby. Cuando el vehículo se detuvo por completo, ella y la tía Tizzy se bajaron.

"¡Woo-ee!" exclamó la tía Tizzy. "¡Seguro que es un largo camino hacia abajo!".

"No os acerquéis demasiado", dijo Ribby, "la escarpa se está desmoronando".

Retrocedieron un par de pasos justo cuando las nubes se separaban y centelleaba la luz de las estrellas. Permanecieron juntos, temblando, uno al lado del otro, con el viento azotándolos. Tía Tizzy se abrazó a sí misma.

"Es precioso", dijo la tía Tizzy.

"Tendré que traerte aquí de día, para que puedas apreciar toda su belleza".

"Me gustaría mucho, Ribby. Por cierto, olvidé decírtelo: Jenny está con su padre. Me ha enviado un mensaje hace un rato".

"Es una noticia excelente".

¡OMG! ¿Qué es esto, The Young and the Restless? ¡Ponte a ello Rib!

Vale, vale. "Tía Tizzy, lo único que tienes que hacer es poner la furgoneta en marcha y, cuando el vehículo avance, saltar fuera. Caerá por el precipicio y los pargos se lo desayunarán. Adiós, gordo cabrón. Adiós, furgoneta del gordo cabrón. Adiós problemas. Fin de la historia. Entonces podremos volver a nuestras vidas. Será nuestro pequeño secreto".

"Dios lo sabrá", dijo la tía Tizzy.

Y yo.

"Dios lo entenderá porque fue en defensa propia. Te estaba violando, tía Tizzy".

Se está acobardando, Ribby. Hazlo ya.

"Dios siempre lo sabe", dijo la tía Tizzy mientras se daba la vuelta y se alejaba. Miró por encima del hombro, luego abrió la puerta de la furgoneta y se metió dentro. Cerró la puerta y arrancó el motor. Lo aceleró una, dos, tres veces. Luego se dirigió al borde del acantilado.

"¡SALTA, tía Tizzy!"

Era demasiado tarde. La furgoneta siguió avanzando. Se acabó.

Ribby corrió hacia el borde y llegó justo a tiempo para ver cómo la furgoneta caía al agua.

Intentó gritar, pero no salió nada.

Nada. Hasta que empezaron los vómitos. Cayó de rodillas.

Estúpida mujer.

No tenía por qué hacerlo. No tenía que morir.

Era su decisión. Su elección.

Sigo recordando la tarta de muñeca Barbie que hizo para mi cumpleaños.

Nadie puede quitarme ese recuerdo. Ahora larguémonos de aquí.

No había salido según lo planeado. Pero nunca nada sale bien, ni siquiera en las películas. Crees que Cary Grant se va a quedar por la chica, pero no lo hace. Crees que Humphrey Bogart va a impedir que Ingrid Bergman suba al avión, pero no lo hace. Incluso cuando quieres que sea así, no ocurre como deseas.

Capítulo 19

RIBBY COLGÓ EL ABRIGO en la entrada y gritó: "Ya estoy en casa, mamá". Se dirigió a la cocina, donde Martha estaba sentada encorvada sobre la mesa, con el arma homicida en la mano.

"¿Has estado matando cerdos, Rib?", preguntó levantando el cuchillo. Martha se puso en pie.

"Maté al gordo cabrón", dijo Angela. "Lo apuñalé, muerto".

Martha abrió la boca, pero no le salieron palabras ni sonidos, así que Angela continuó. "Era un animal asqueroso, un cerdo, con la polla colgando de los pantalones".

"Tenía que Ma", intervino Ribby. "¡Estaba violando a la tía Tizzy!".

Ella nunca aprende. Lo estaba consiguiendo.

Martha se llevó la mano izquierda a la cadera. La mano derecha que sujetaba el cuchillo permanecía a distancia. "¿De qué demonios estás hablando? ¿El gordo cabrón? ¿De la tía Tizzy?"

"El tipo de la furgoneta blanca de Attics-R-Us. Es el gordo cabrón", dijo Angela. "Y en cuanto a tu hermana, Tizzy, bueno, estaba tan indefensa como un gatito cuando la violó".

"Yo la salvé de él", dijo Ribby.

Martha se volvió, como si fuera a bajar el cuchillo. Luego, al parecer, cambió de opinión y dio un paso atrás. "¿Y dónde están ahora? Si lo mataste, ¿dónde está su cuerpo?".

Ribby se quedó mirando el cuchillo. "Lo metimos en su furgoneta y lo tiramos por un acantilado".

"Era un plan perfecto", dijo Angela. "Hasta que esa loca de tu hermana se negó a salir de la furgoneta y cayó también por el precipicio". Angela rodeó a Martha y se dejó caer en una silla, enfadada.

Ribby empezó a hablar, pero cambió de opinión cuando silbó la tetera. Martha dejó el cuchillo sobre la mesa de la cocina. Sacó leche de la nevera y dos tazas del armario. Las cucharas ya estaban sobre la mesa, alineadas como soldaditos de juguete. Mientras servía, dijo: "A ver si lo he entendido bien, Costilla. Mi hermana vino aquí. Carl Wheeler pensó que estaba abierto al negocio y lo intentó con Tiz. Le apuñaló y luego se deshizo de él. ¿Esperas que me lo crea? Era un hombre excepcionalmente grande".

"Claro que lo era", dijo Ángela. "Rib   quiero decir nosotros   lo metió en la carretilla. Así fue como lo sacamos".

"Ah, ya veo", espetó Martha. "¿Y luego planeasteis deshaceros del cadáver, pero Tiz echó por tierra el plan cuando se acercó también? ¿Y qué hacía Tiz aquí? Hace años que no sé nada de ella".

"Su marido la dejó por otra mujer, más joven", dijo Angela. "Luego su hija se escapó. Era un desastre".

Martha se sentó y dio unos sorbos a su té. "Bueno, tenemos que hacer algo con este cuchillo. No puede quedarse aquí, en mi casa". Martha cogió el cuchillo y miró a Ribby, que bebía té con la mano derecha. Su mano izquierda estaba con la palma hacia abajo sobre la mesa. Martha levantó el cuchillo y lo bajó, separando la mano de Ribby de su amiga, la muñeca.

La taza de té golpeó la mesa y rebotó. Ribby gritó. Martha agarró su mano derecha y la presionó con la palma hacia abajo sobre la mesa. "Dime qué está pasando aquí y quién demonios eres", le exigió. "Porque sé que no eres mi hija". Martha levantó el cuchillo hacia arriba, de modo que la punta casi tocó la nariz de Ribby. "Aléjate de mi hija, seas lo que seas. Si no, la despedazaré miembro a miembro".

"Mamá, no. No, por favor. No lo hagas".

"Soy Ribby. Sólo Ribby", arrulló Ángela usando la voz más enclenque de Ribby.

Por un segundo, pensó que Martha la creía. Otro CHOP, la segunda mano cercenada convirtiendo a Ribby en una fuente de dos puntas.

"Morir. Morimos todos", cantó Angela mientras Ribby lloraba y gritaba de agonía. Angela no podía sentir ningún dolor, ni tampoco ningún placer real. Todo lo que hacía, todo lo que intentaba hacer siempre era Ribby quien cosechaba los beneficios. Pero esta vez no. "Pobre Ribby", dijo

Angela. "¿Cómo atenderá ahora a los niños enfermos del hospital?".

Ribby se despertó en su apartamento con un grito. Se miró la mano derecha. Luego la izquierda. Ambas seguían allí. Demasiado asustada para levantarse de la cama, se cogió de la mano y observó cómo la luz del sol dibujaba dibujos en el techo.

CUANDO ESTUVO COMPLETAMENTE DESPIERTA, Ribby se duchó y se vistió. Decidió dar un paseo y despejarse. Agradeció que fuera domingo. Hoy no podía enfrentarse al trabajo ni a los niños.

Una vez fuera, el mal sueño se alejó de su mente. Evitó la playa y el sonido de las olas porque le traían recuerdos de la tía Tizzy.

Antes de volver, se detuvo en una cafetería y pidió un capuchino. Sabía tan bien que inmediatamente quiso otro. Mientras esperaba para volver a pedirlo, pasó Nigel. Hacía semanas que no lo veía. Ni siquiera estaba segura de que se acordara de ella.

"¡Eh! Nigel", llamó Angela, golpeando la ventana.

Él sonrió y entró en la cafetería. Besó a Ribby en la mejilla. A ella le pareció demasiado familiar.

"¿Cómo demonios has estado?" preguntó Nigel.

"Ocupada trabajando", dijo Angela. "Y necesitando un poco de R & R. ¿Quieres hacer algo, esta noche?".

Nigel se miró los pies. "Ahora tengo novia, así que si salgo, ella viene conmigo".

"Pobre Nigel", se burló Angela, "¡Ni siquiera estás casado y ya te han azotado!".

Nigel echó la cabeza hacia atrás y se rió. Agarró la mano de Angela y se la dio fraternalmente.

"Entonces, ¿cómo se llama?" preguntó Angela. "¿O es un secreto?"

"No, Señor, no", dijo Nigel, apartándose para que una persona que se había unido a la cola pudiera entrar y pedir. "Se llama Anne-Marie".

Ángela cambió de idea sobre pedir y se dirigió hacia la puerta. "Tendrás que presentarnos algún día".

Nigel avanzó en la cola.

Angela no paró de echar humo hasta llegar a casa.

Capítulo 20

AL SALIR DEL HOSPITAL, la tarde siguiente, Ribby cogió el autobús para volver a casa. Era casi de noche cuando llegó. La puerta principal estaba abierta de par en par. Desde dentro se oía una música tan alta que rivalizaba con el tráfico de la calle. Subió con cautela las escaleras delanteras cuando las patas de Scamp se acercaron a ella. Saltó y la derribó. Martha se acercó, riendo mientras el perro lamía la cara de Ribby.

"Bájate ya, Scamp", dijo Martha mientras le empujaba el trasero con el pie. Extendió la mano para ayudar a Ribby. Una vez de pie, Ribby se cepilló.

"Estás casi en los huesos", dijo Martha. "¿No has comido?".

Ribby se agarró a su madre y le echó los brazos al cuello. Martha le devolvió el abrazo y se soltó preguntando: "¿Una taza de té?".

"¡Estás estupenda, mamá!" dijo Ribby mientras caminaban juntas hacia la cocina. "Tienes un bronceado increíble".

Martha se rió. "Lo hemos pasado de maravilla. Viviría allí en un minuto si tuviera dinero. Tom fue un anfitrión maravilloso". Se movió por la cocina, poniendo la tetera a hervir, preparando las tazas. "¿Qué has estado haciendo? Y de quién son esas cosas de mi habitación".

"De la tía Tizzy".

A Martha casi se le cae una taza. "¿Mi hermana está aquí? Haciendo el vago, supongo. ¿Dónde está entonces? ¿De compras?"

"No, la verdad es que no", dijo Ribby. "Ha venido a buscar a Jenny". Ribby tenía una extraña sensación de déjà vu. Se estremeció y se metió las dos manos en los bolsillos.

"Pues sí que es curioso que haya venido hasta aquí. Seguro que tenemos que ponernos al día".

"No sé si volverá -tartamudeó Ribby-. "Creo que tal vez tuvo que volver a casa. Quiero decir, de repente".

Martha echó un poco de azúcar. "¿Sin su equipaje?" Bebió un sorbo. "¿La has visto hoy?"

"No, estaba en casa de mi amiga Angela". No bebió el té, ni siquiera lo intentó. Seguía con las manos metidas en los bolsillos.

Martha se bebió la taza de té. Echó la silla hacia atrás y bostezó con la boca tan abierta que podría haberla atravesado un autobús. "Me voy a la cama".

"Buenas noches, mamá", dijo Ribby. Limpió la taza y se movió por la cocina hasta que oyó que Martha la llamaba desde lo alto de la escalera.

"Por cierto, Rib, he encontrado esto", y levantó un cuchillo. "Estaba envuelto en mi cajón de los calcetines".

"Quizá la tía Tizzy asesinó a alguien con él", dijo Angela mientras subía los escalones.

Martha le dio el cuchillo y soltó una carcajada. "Tienes mucha imaginación. Lo lavaremos bien por la mañana. Buenas noches".

Ángela aceptó el cuchillo de manos de Martha en una toalla nueva.

¿Por qué usaste una toalla nueva?

Eso lo sabré yo y lo averiguarás tú.

Ribby escondió el cuchillo en el fondo de su armario con la ropa ensangrentada.

Vale, pues duérmete.

Deja de hablarme y lo haré.

Buenas noches, Ribby.

Buenas noches, Angela.

Capítulo 21

RIBBY CAYÓ EN UN profundo sueño. Soñó que estaba en lo alto de las nubes, donde se sentaba y veía pasar otras nubes. A veces las nubes tenían gente montada en ellas. De vez en cuando reconocía a alguien. Una persona famosa que parecía mirar a su alrededor para ver si alguien la reconocía.

Ver a Cary Grant sonriendo y saludándola con la mano mientras su nube surfeaba era muy extraño.

Ribby gritó: "¡Sr. Grant, oh, Sr. Grant, es usted mi actor favorito!".

"Eres muy dulce", dijo Cary, mientras su nube seguía avanzando.

Los ojos de Ribby le siguieron hasta que ya no pudo verle, pues la mayoría de las nubes se habían alejado. Desaparecido.

A excepción de una enorme nube negra que se dirigía hacia ella.

No sabía qué hacer, cómo impulsarse. Agitó los brazos, pero no funcionó. Tomó una gran bocanada de aire y exhaló hacia la nube, pero tampoco funcionó. Esta vez no sabía lo que era estar en una nube. Antes se movía cuando ella se lo pedía, pero esta vez no se movía.

La gran nube negra se acercó flotando. Ribby se sentó y se abrazó las rodillas. Iba a llover, y por eso los otros jinetes de las nubes habían ido a buscar refugio. Se sentía muy sola. Si hubiera saltado a la nube de Cary Grant, al menos no estaría sola.

¡BUM! Cayó de lado en los brazos de la esponjosa nube. Un trueno resonó en el cielo vacío.

CRACK.

Un rayo salió de la nube negra invasora y cayó en la nube de Ribby. Ella gritó. Estaba muy cerca. El vello de sus brazos se erizó con la electricidad estática. Su piel se calentó, cada vez más.

"¡Basta!"

"¡NO LO HARÉ!", gritó una voz de mujer furiosa.

Un rayo volvió a caer sobre la nube de Ribby, esta vez partiéndola por la mitad. Rodó hacia un lado y adoptó la posición fetal. Levantó la vista y se encontró con una mujer muy parecida a la tía Tizzy. Llevaba ropas negras y holgadas, no exactamente un vestido o una capa, que azotaban hacia arriba y a su alrededor.

"Me has hecho daño y lo pagarás. No puedes esconderte para siempre. Arriésgate ahora   ¡y SALTA!".

"Pero, tía Tizzy", gimió Ribby, "¡te salvé la vida!".

"¡Me quitaste la vida y me enviaste al infierno! ¡Estúpida, estúpida niña! Ahora renuncia a la tuya y ¡SALTA!"

"Pero yo, yo no quiero morir".

"¡Yo tampoco! Ahora soy rechazada del Cielo. De Dios. Destinado a rondar por aquí toda la eternidad".

Otro rayo partió en dos la nube de Ribby.

La nube se disipó en una niebla y luego en nada. Ribby se tapó la nariz, como si estuviera saltando a un río en lugar de caer hacia su muerte. Gritó "¡Siiiiiiiiiittt!" como hacían Redford y Newman en Butch Cassidy y Sundance Kid cuando saltaban del acantilado.

Cayendo en picado hacia los brazos abiertos de la nada, Ribby se cayó de la cama y aterrizó con un golpe seco en el suelo.

Capítulo 22

MARTHA ESTABA ABAJO GOLPEANDO los cacharros. Ribby espió y oyó dos voces. Su madre tenía compañía.

Era viernes por la mañana y Ribby había pedido salir más tarde del trabajo. Quería enterarse del viaje de su madre antes de irse a su casa a pasar el fin de semana.

"Buenos días, mamá", dijo Ribby al doblar la esquina. Vio a John MacGraw leyendo el periódico.

Martha estaba detrás de él, leyendo por encima de su hombro.

"Buenos días, John", dijo Ribby mientras se servía una taza de té y se colocaba junto al frigorífico.

"No lo encuentro por ninguna parte. ¿Te la has llevado, Ribby? ¿Mi botella de Jack Daniels? Estaba aquí, y estaba llena".

"La tía Tizzy se la bebió", dijo Angela. "Estaba alterada y se lo bebió de un trago para calmar los nervios. Estoy segura de que quería reponerlo. Te traeré una nueva más tarde".

"Lo necesitaba para hacer nuestros huevos, Rib".

"Sí, no hay nada como echar un poco de Jack Daniels en los huevos. El remedio perfecto para la resaca", dijo John.

"Pues tendremos que prescindir de él esta mañana", dijo Martha.

"Entonces nada de huevos para mí, amor", dijo John. "Sólo otra taza de café".

Martha acercó la cafetera a la mesa. "Siéntate, hija. Yo   nosotros   tengo algo importante que hablar contigo".

Caramba, ¿de qué va todo esto?

Ribby estudió a Martha y John mientras intercambiaban miradas. Se sentó frente a su madre y esperó a que se explicaran.

Vaya, NO se van a casar. ¿Verdad? Gros.

"Mañana por la noche llegará un visitante especial para conoceros. Se llama Sr. Edward Anglophone", dijo Martha.

¿"Tengo"? Pero... ¿quién es?"

"Deja que termine de explicártelo. Sé que debes irte pronto a trabajar. Esto no debería llevar mucho tiempo".

Ribby asintió y Martha continuó.

"Cuando estuvimos en el paseo marítimo, nos alojamos en un pequeño y encantador B&B y conocimos a Edward. Sus amigos le llaman Teddy. Tiene su propia biblioteca allí. Le conocimos y congeniamos. Nos invitó a unas copas. Nos habló de su biblioteca y de que necesitaba un nuevo bibliotecario jefe".

"Sabía de ti, Ribby", admitió John.

"¿Yo?"

"Conoce a gente en bibliotecas de todo el mundo", añadió Martha. "Y bibliotecarios".

"Mantiene el pulso, ya que él mismo quiere contratar a uno nuevo", dijo John.

"Sí", añadió Martha. "Su biblioteca cerró. Por eso quiere conocerte".

"¿Para hacerte cargo de su biblioteca?"

"Potencialmente", dijo John.

"¿El Bibliotecario Jefe? ¿Yo?" exclamó Ribby. "No estoy cualificado para ser Bibliotecario Jefe. Para eso hace falta un título".

Podríamos ser jefas de biblioteca.

"Bueno, lo único que sé Rib, es que si alguien tiene su propia Biblioteca, puede contratar a quien quiera para que sea Bibliotecario Jefe. Es pequeña Rib, no como la Biblioteca de Toronto   pero es la oportunidad de tu vida. Así que estará aquí a las 8. Tienes que comprarte algo nuevo que ponerte. Arréglate para causar buena impresión". Martha dio un sorbo a su café. "Por no mencionar que está completamente forrado".

¿Nos está engañando?

Seguro que no.

A mí me lo parece.

"Sí, tiene un montón de pasta. Y no tiene familia. Tampoco parientes", dijo John.

"No quiero conocerle. Mi trabajo está bien. Además, no quiero mudarme lejos. Me gusta estar aquí".

¡No queremos que nos chuleen! ¡Viejo estúpido!

"Lo siento mamá, pero esta oportunidad no es para mí".

"Hija, vas a conocerle y ya está".

"Sólo conocerle", dijo John. "¿Qué tienes que perder?"

Ribby empujó la silla hacia atrás. Angela se volvió hacia las escaleras.

"Cuando el infierno se congele", dijo Angela.

La silla de Martha chocó contra el suelo.

Ribby subió corriendo las escaleras y cerró la puerta.

Angela abrió el armario de Ribby y cogió el cuchillo envuelto. Esperó.

Si esa zorra intenta entrar en esta habitación, se arrepentirá.

Pisadas. Stomp Stomp. Stomp Stomp. Dos series. Corriendo. Riendo.

Ribby contuvo la respiración.

Minutos después, estaba bastante claro lo que tramaban. Martha gritó: "¡Sí!", mientras la cabecera golpeaba contra la pared.

Absolutamente asqueroso.

¡Vámonos de aquí!

Capítulo 23

L A BIBLIOTECA ERA UN caos cuando llegó Ribby.

La Sra. P. Wilkinson, bibliotecaria jefe, llevaba meses planeando una firma de libros. Era su bebé, ya que era amiga personal de la autora de best-sellers infantiles P.K. Schmidlap.

Cuando Ribby se dirigía a la entrada, dos niños gritaron: "Eh, ¿adónde cree que va, señora? Llevamos horas aquí. No puede meterse!"

"Trabajo aquí", dijo mostrando su insignia de personal de biblioteca.

Una vez dentro, fue a buscar a la Sra. Wilkinson.

"Es un caos ahí fuera", exclamó Ribby. "¿Dónde está la Sra. Wilkinson?

"Ha llamado su marido. Está en el hospital con el apéndice reventado. No sabemos su contraseña, así que no podemos obtener el horario de su ordenador. Esperábamos unos cientos de niños, ¡no miles! dijo Mónica con la voz temblorosa, "No sé qué hacer. P.K. sólo estará aquí otros sesenta minutos porque tiene otros compromisos". Rompió a llorar.

"Madre mía, tenías que haberme llamado. No te preocupes, hablaré con P.K. a ver si podemos arreglar algo".

"No puedes pasar de su cuidadora, o mejor dicho, de su mujer", dijo Mónica. "Allí   alta, rubia y llena de sí misma".

La señora Schmidlap llevaba un traje de diseño caro y tacones de quince centímetros. Miró el reloj varias veces mientras Ribby se dirigía hacia ella.

"Disculpe, señora Schmidlap".

"Síiii".

"¿Puedo hablar con usted? Tenemos un problema".

"¡NOSOTROS no tenemos el problema! VOSOTROS tenéis el problema". gritó la Sra. Schmidlap, haciendo que su marido soltara el bolígrafo y los niños saltaran.

La tensión crecía alrededor de Ribby.

"Eet is okay my darvlings", dijo la Sra. Schmidlap, agarrando el brazo izquierdo de Ribby y tirando de ella hacia un lado. "Vosotros no sois organizados. Mi marido, firma una hora más y luego, zip, vete. Ze niños no deben sentirse decepcionados, pero él no puede quedarse. Tiene otros compromisos. Ve tiene otros compromisos", susurró con voz enfadada.

Ribby tenía que encontrar una solución. Había al menos 1.000 niños fuera y otros 50-100 dentro. Tenía que convencer a P.K. de que firmara los libros de los niños que llevaban más tiempo esperando. Podría hacerlo si se aceleraba.

"¿Y el compromiso?" preguntó la señora Schmidlap.

"Sí, buena idea".

"Tenemos que ir a las 12, en punto, sin peros. Nosotros, P.K., no podemos firmar por todos, hoy no. ¿Y si los niños compran un ejemplar del libro hoy, o lo encargan, digamos hoy? P.K. firmará todos los pedidos y se entregarán aquí al final de la semana, ¿funcionaría?"

"Sólo podemos intentarlo. Gracias por la sugerencia. Veré qué puedo hacer".

Ribby volvió a salir. Cerró la puerta tras de sí.

"Eh, ¿qué hace, señora? ¡Aún no hemos visto a P.K.! ¡P.K.! ¡P.K.! P.K.!", gritaron, lanzándose hacia delante.

"¡Dejad de hablar todos! Por favor, callaos y os lo explicaré".

Los niños se callaron.

"¡Vale, así está mejor!" dijo Ribby. Se dio cuenta de que la policía había llegado por precaución. "P.K. debe salir de aquí exactamente a las doce del mediodía para cumplir un compromiso previo".

La multitud abucheó y se mofó. La policía avanzó.

"P.K. firmará todos vuestros libros. Tenemos aquí sus órdenes. Si hay algún cambio en nuestra información, hacédnoslo saber por escrito antes de las cinco de la tarde de hoy. Podréis recogerlos aquí la semana que viene", sugirió Ribby.

"¿¡En una semana!? Todo el mundo habrá terminado ya de leer sus ejemplares. Nos contarán el final. Nos lo estropearán".

"Puedes llevarte tu libro hoy y leerlo sin firmar o dejarlo aquí para que lo firme P.K., tú decides".

Hubo algunos refunfuños, y Ribby supo que podía salir bien o mal.

La señora Schmidlap salió para ayudar y le susurró una sugerencia al oído.

Ribby transmitió su mensaje a los niños. "Si dejáis hoy vuestro libro para que os lo firmen, recibiréis gratis un regalo exclusivo de P.K.   ¡un marcapáginas de edición limitada   ".

Los niños vitorearon. Ribby y la señora Schmidlap se abrazaron. Los policías se quitaron el sombrero. A las doce en punto del mediodía, P.K. se marchó en una limusina.

Cuando todo terminó, Ribby relajó los hombros mientras la tensión se desvanecía. El resto del día, gracias a Dios, transcurrió sin incidentes.

De camino a su apartamento, Ribby pensó en el escurridizo Sr. Anglófono.

¿Quizá debería ir a verle?

Ser Bibliotecario Jefe sería genial y, después de lo de hoy, se lo merece.

Sí, tomar el mando hoy me hizo sentir que podía hacerlo. Quiero decir, ser Bibliotecaria Jefe, ¿cuándo voy a tener otra oportunidad?

Debe estar muy forrado, para tener su propia biblioteca.

Sí, pero ¿por qué yo? Podría pedírselo a cualquiera.

Nunca pensé que diría esto, pero Martha debe ser la responsable de su interés.

Por no hablar de considerarme, para el papel.

Así que, de acuerdo. Nos reuniremos con él.

Sí, de acuerdo.

Capítulo 24

ERAN LAS 20.34 H. de la noche siguiente cuando Ribby llegó a casa. Llevaba su vestido negro y zapatos de tacón alto.

Una limusina estaba aparcada en la acera.

El conductor se inclinó el sombrero. "Bonita noche", dijo.

"Sí, seguro que es preciosa", contestó Ribby.

"Tú también", dijo el conductor guiñándole un ojo.

A Ribby le pilló desprevenido.

Angela le devolvió el guiño.

Ribby entró resoplando, pero enseguida esbozó una sonrisa cuando ella entró en el salón. "Buenas noches", dijo.

Anglophone se levantó y alargó la mano para besársela. Medía alrededor de 1,20 m y tenía unos ochenta años. Llevaba bastón y vestía un caro traje a medida de rayas azules, con corbata roja.

"¿Alguien quiere tomar algo? preguntó Marta.

"Me gustaría", dijo el señor Anglophone, "llevar a Ribby a dar una vuelta en mi coche. Si le parece bien".

Miró en su dirección y luego miró el reloj. "Tenemos reserva en el Restaurante Giratorio para las nueve".

"Te pido disculpas por llegar tarde".

¡Dios mío! Probablemente ni siquiera llegue a cenar. ¡Es absoluta y completamente geriátrico!

"Oh, sí, comprendo que la belleza lleva su tiempo", dijo Anglophone mientras se levantaba y extendía el brazo hacia Ribby.

Ribby lo cogió.

Ribby y Anglophone se dirigieron hacia la puerta.

"No te preocupes por llevarla pronto a casa, Teddy. Sabemos que cuidarás de ella".

¡Dios mío! Definitivamente NO vamos a ir a casa con ESO.

Ribby miró a su madre por encima del hombro mientras se acercaban al coche. Una vez dentro, Anglophone dijo: "Conductor, puede dirigirse a nuestro destino. Supongo que habrás mirado en el mapa para ver dónde está".

"Sí, señor Anglophone, el GPS está listo".

"Bien, bien. Entonces estás aprendiendo", dijo el Sr. Anglófono. "Ahora cierra el tabique para que la señora y yo tengamos algo de intimidad".

Viejo verde.

Los ojos del conductor de la limusina entraron en contacto con los de Ribby en el espejo retrovisor cuando pulsó un botón. Una mampara de cristal se alzó entre ellos. Unas cortinas de terciopelo rojo flotaron por encima, convirtiendo el asiento trasero en una habitación privada. El Sr. Anglófono pulsó un botón para mostrar una barra con champán frío.

"Ribby, querido, estaba deseando conocerte".

Ribby, sin saber qué más decir, dijo: "Gracias, Sr. Anglófono".

"Puedes llamarme Teddy, ya que me llamo Edward. Pero dime, ¿de dónde has sacado tu nombre, Ribby? ¿Es el diminutivo de algo? Es un nombre bastante singular, pero encantador".

Ribby se rió. "Qué raro. Nadie me lo había preguntado nunca".

"Si es un secreto que no quieres compartir, lo entiendo perfectamente, querida".

Es un viejo zalamero. Un encanto. Hay que reconocerlo.

"Cuando era pequeña, no podía pronunciar mi nombre de pila. Se escribe como Rebecca pero se pronuncia Reee-becca. Ya sabes, con esa 'e' larga terriblemente exagerada. Yo siempre lo pronunciaba como Rib-ecca", se rió. "A mamá no le gustaba acortarlo a Becky. Le parecía que sonaba demasiado vulgar, así que empezó a llamarme Ribby. Se le quedó, y desde entonces es mi nombre".

"Bien, entonces te llamaré Rebeca si lo deseas, pero prefiero ponerte un nombre especial".

"El nombre que me gusta es Angela. ¿Te gustaría llamarme Angela?"

¡OMG! ¿Por qué me haces esto?

"Ángela", dijo Teddy mientras le rodaba por la lengua. "Muy bien, pues Angela". Teddy rozó con la mano la rodilla de Ribby.

Ribby decidió que el roce había sido un accidente.

Angela no estaba tan segura.

EN EL RESTAURANTE, EL conductor abrió la puerta primero a Teddy y luego a Ribby.

"Tardaremos al menos dos horas", dijo Teddy. "Te enviaré un mensaje cuando estemos listos para irnos".

"Sí, señor".

"Es un maldito tonto la mayor parte del tiempo", dijo Anglophone refiriéndose a su chófer, "pero leal como pocos".

Capítulo 25

HABÍA COLA EN EL restaurante, pero la presencia de Anglophone abrió el camino.

Como un caballero, ofreció el brazo a Ribby y la acompañó a través del concurrido restaurante.

Para ella fue como una experiencia extracorpórea. Los invitados volvían la cabeza, la saludaban, incluso levantaban las copas en un brindis por ella. Se sintió como una celebridad.

La pareja continuó hasta una Sala Privada. El techo era alto, con una brillante lámpara de araña suspendida por encima de su mesa. La mesa estaba puesta con hermosos platos, cubiertos y copas de cristal resplandeciente. Una botella de champán se enfriaba en un atril.

Una vez sentados, Anglophone pidió para los dos.

Ribby se sintió como Bella en el Gran Salón de Baile de La Bella y la Bestia.

Es viejo, pero no es una bestia.

Shhh

Anglófono habló bastante de sus negocios y de su dinero.

Ribby le preguntó si se había casado alguna vez.

"Estuve a punto de casarme dos veces. Las mujeres no eran lo que parecían. Buscadoras de oro, ya sabes". Hizo una pausa y se acercó a Ribby. "Hice que las mataran a las dos".

"¿Que hiciste qué?" dijo Ribby, casi derramando su copa de champán.

"Una bromita, para ver si estabas escuchando", dijo Teddy. Se rió y le palmeó el dorso de la mano. "Hoy en día, a un viejo chocho como yo no le gusta a muchos.

Ribby bebió otro sorbo de champán. Ya se sentía mareada.

"Pues bien. Vamos a buscar a ese vago e inútil chófer mío".

"Me estoy cansando mucho", dijo Ribby. "¿Te importaría llevarme a casa?"

"Claro que me importa, Ribby, quiero decir, querida Angela. La noche es joven y aún no hemos discutido el papel en mi biblioteca".

"He disfrutado de esta velada, pero no creo que esté cualificada para asumir el cargo. Me siento halagada, pero...".

"¡Tonterías! No eres tú quien debe decidirlo. Tengo un buen presentimiento contigo y eso es suficiente".

Cuando estuvieron de nuevo dentro de la limusina, Ribby pidió a Teddy que explicara su última declaración.

"Tengo dinero. Con dinero es fácil tener ojos en todas partes. Sé cosas de ti. Por ejemplo, cómo ayudas a tu madre con la hipoteca y cómo también alquilas un apartamento frente al mar."

Ribby jadeó.

Continuó: "Cómo entretienes desinteresadamente a los pobres niños enfermos y cómo evitaste sin ayuda de nadie una estampida en la firma de libros de P.K.". A su mujer, la Sra. Schmidlap, no le gusta mucha gente, pero tú le caíste bien. Si puedes trabajar con ella, puedes hacer cualquier cosa. El trabajo es tuyo si lo quieres".

La cabeza de Ribby daba vueltas mientras Teddy pulsaba el botón del interfono y le decía al conductor que volviera a su casa.

Nos ha estado siguiendo él mismo o ha contratado a alguien para que lo haga.

"Aún tengo que pensármelo".

"Pues que así sea. Tienes siete días para decidirte. Aquí tienes mi tarjeta de visita; puedes localizarme en cualquier momento del día o de la noche". Tras una pausa, dijo: "¡Un momento! ¿Por qué no subes y ves la Biblioteca por ti mismo? No hay mejor momento que éste. Podríamos volver juntos ahora mismo".

"No sé".

Te ha ofrecido el puesto de Bibliotecario Jefe. Es tuyo. Sé que ahora mismo parece espeluznante, pero nos lo está diciendo sin rodeos. No oculta nada ni miente. Eso ya es algo. Es nuestro billete de salida. Podemos observarle, ver cómo es realmente sin comprometernos. Vamos Ribby, arriésgate. Además, el conductor es superguapo. Mira esos rizos rubios que le salen por debajo de la gorra.

Por no hablar de sus ojos azules.

Lo sé, lo sé. Lo sé, lo sé. Además, ¡podría ser divertido!

"Llegaríamos por la mañana temprano. Podéis alojaros en el mismo B&B en el que veraneaban Martha y John. Todo estará preparado para vuestra llegada. Te ayudará a decidirte".

"Pero no tengo más ropa   aparte de la que llevo puesta".

"Ah, no te preocupes por eso".

Ribby abrió la boca.

Se anticipó a su siguiente objeción. "Llamaré a tu madre y se lo explicaré".

Ribby ya no estaba segura de nada. Iba y venía por su mente. ¿Debería o no debería?

"Será un placer", dijo Angela, cogiendo la mano de Teddy entre las suyas.

Tardabas demasiado en decidirte.

Ribby, que se había distraído porque el conductor la miraba por el retrovisor, se encogió.

Teddy ordenó al conductor que los llevara a casa.

Ribby fingió dormir en el camino de vuelta.

Angela esperaba que Teddy durmiera la siesta, para poder subir y sentarse con el chófer.

Teddy sacó su portátil y empezó a teclear.

El exceso de tecleo me está destrozando la cabeza.

Seguro que llegamos pronto.

Segundos después: ¿Ya hemos llegado?

Capítulo 26

LLEGARON A PORT DOVER de madrugada.

El chófer abrió la puerta a Teddy. "Lleva a la señorita Angela a casa de la señora Pomfrere. No vuelvas hasta que la hayan presentado".

"Sí, señor anglómano".

"Pide a la Sra. Pomfrere que se ocupe de que la Srta. Angela esté levantada y lista para desayunar dentro de cuatro horas. Hazle saber que estarás allí puntualmente para recoger a la señorita Ribby".

"Sí, señor", contestó el chófer, volvió al coche y se alejó.

Ribby, que se había quedado dormida, abrió los ojos. Miró por la ventanilla, intentando ver cómo era la casa de Anglophone, pero estaba demasiado oscuro.

Unos instantes después llegaron al B&B. La Sra. Pomfrere salió corriendo a recibirlos. El chófer hizo las presentaciones, luego la informó discretamente sobre el desayuno en la finca de Anglophone, y se marchó.

"Me alegro muchísimo de conocerla, señorita Angela. El señor Anglophone me ha hablado mucho de usted".

Ribby no pudo evitar fijarse en el atuendo de la señora Pomfrere. Aunque era muy temprano, llevaba un vestido de noche. "Gracias, señora Pomfrere. Si tienes prisa por ir a algún sitio, por favor, no dejes que te entretenga. Indícame la dirección de mi habitación y seguro que podré arreglármelas".

"¿Manejar? ¿Manejar? Por qué me he vestido así para saludarte. Ahora, por favor, sígueme y te acomodaremos". Entraron, donde ella se movió como un torbellino por el pasillo y subió las escaleras hacia la habitación de Ribby.

"Eres aún más dulce de lo que imaginaba. Seguro que Teddy está prendado de ti, y ya veo por qué. Vaya, esas piernas tuyas son eternas, ¿verdad? dijo la señora Pomfrere en un tono demasiado familiar.

"Bueno", balbuceó Ribby.

"Ésta es tu habitación", la señora Pomfrere abrió una puerta.

Rosas de todo tipo y color llenaban la habitación. Olía a gloria. La puerta del armario estaba abierta de par en par, rebosante de ropa de diseño.

"Espero que las tallas sean correctas. Estimó Teddy. Encontrarás todo lo que necesitas. Si necesitas algo más, estoy a tu servicio las veinticuatro horas del día."

"¿Quieres decir que todo esto es para mí?"

"Oh, sí, sí, la ropa y mucho más. Eres una chica afortunada. Teniendo al Sr. Anglófono a tu lado. Él puede hacer cualquier cosa. Es como mágico".

"Sí, lo soy", dijo Ribby, seguido de un débil "Gracias", mientras la Sra. Pomfrere cerraba la puerta tras de sí.

¡Vaya! Menudo tipo.

Ha hecho esto por mí.

Supongo que por eso estuvo tecleando en su portátil durante todo el viaje.

Ribby se echó a reír de repente. Se sintió como un niño en una tienda de golosinas. Ahora que tenía un segundo aire, corrió de un lado a otro de la habitación, encontrando baratijas y regalos en cada rincón. En el cuarto de baño había una bañera de hidromasaje, llena de burbujas, esperando su llegada.

Colocó el codo bajo las burbujas y rompió la superficie del agua. Un gemido de placer salió de su garganta. La temperatura era perfecta. Se quitó la ropa y se sumergió. Las burbujas le hormigueaban en la piel. Se reclinó, respiró hondo y cerró los ojos. Volvió a abrirlos para asegurarse de que no estaba soñando. ¡Se sentía como la Bella Durmiente y se había despertado para descubrir que estaba en el paraíso!

Podría llegar a gustarme esto.

¡A mí también!

Relajada y con un cómodo vestido de noche, se acurrucó bajo las sábanas y se quedó dormida.

¿"Está despierta, señorita Ángela?" preguntó la señora Pomfrere a través de la puerta cerrada. Sin dar tiempo a Ribby a responder, la persona volvió a llamar.

Otra voz, susurrante. La de Teddy.

Ribby se cubrió, esperando que entraran de golpe.

"¡Pues coge la llave y despiértala!" exigió Teddy. "Tenemos sitios a los que ir y cosas que ver".

¡Déjame entrar! ¡Déjame entrar! Viejo verde.

"Deberías haberla despertado cuando llegó la maquilladora", exclamó Teddy.

Maquilladora. Interesante...

"Lo intenté, señor anglómano, pero dormía tan profundamente que odié molestarla".

"Saldré en cinco minutos, Teddy".

"Te estaré esperando en mi casa. Mi chófer te traerá cuando estés lista. Por favor, no me hagas esperar".

Genial. Tiempo libre con el chófer.

Tenemos cinco minutos para prepararnos.

Se dio una ducha rápida, examinó la cómoda y descubrió un surtido de ropa interior de seda.

El viejo chiflado tiene un gusto extraordinario.

Y sus ojos también son bastante buenos. Estas tallas dan en el clavo.

Le daría un infarto si saliéramos sólo con la ropa interior de seda. Seguro que al conductor también se le saldrían los ojos de las órbitas.

No seas desagradable. Ribby se abrochó la blusa de seda y se subió la cremallera de la falda.

Entonces sonó otro golpe más firme. "Disculpe, vengo a maquillar a la señora".

Piensa en todo.

Una mujer menuda, más o menos de la edad de Martha, terminó de maquillar a Ribby en un santiamén.

"¡Soy Angela!" dijo Ribby mientras sonreía a su reflejo.

"Claro que lo eres -respondió la mujer con indiferencia-.

No, desde luego que no.

¿Celosa?

"Gracias. Te daría una propina, pero no llevo dinero encima".

"Oh, no hace falta que me des propina; el Sr. Anglófono lo tiene cubierto".

El estómago de Ribby gruñó mientras se calzaba los zapatos de tacón de aguja.

De camino a la limusina, caminó como una borracha. El conductor sonrió cuando estuvo a punto de volcar. Si le gustaba, no lo demostraba. Le abrió la puerta sin hablar.

El trayecto hasta la casa fue bastante agradable. La pensión de la Sra. Pomfere estaba en el centro de un pueblecito. Mientras el coche serpenteaba por la carretera rural, Ribby vislumbró el lago Erie.

"El puerto deportivo y el faro están allí", explicó el conductor. "En invierno, la zambullida del Oso Polar es muy popular".

"Recuerdo haber visto algo sobre eso en las noticias. Como se zambullen por caridad, admiro el valor que hay que tener". Se estremeció.

"Mi amigo participó el año pasado y casi se congela", hizo una pausa.

Ribby se rió.

Cree que eres demasiado remilgado para decir pelotas delante de ti.

Bueno, soy el invitado de su jefe.

"Llegaremos pronto", dijo el chófer.

Atravesaron unos cuantos caseríos, lo bastante pequeños como para fijarse en ellos, pero que desaparecieron en un abrir y cerrar de ojos.

"Ya hemos llegado", dijo el chófer.

Ribby se incorporó. Ahora que llegaba a la casa principal, quería asimilarlo todo.

Angela tarareó el tema musical de la serie de televisión Dallas.

El camino de entrada que conducía a la casa de Anglophone era demasiado largo. Los árboles flanqueaban el bulevar, doblándose a voluntad del viento. Tembló.

Torció el cuello, tratando de vislumbrar la casa. Cuando lo consiguió, inspiró y contuvo el aire. No era una casa bonita. Con sus estrechas ventanas y su oscuro edificio de ladrillo, le pareció fría, poco acogedora. Un contraste total con la otra casa en la que había pasado la noche.

Es totalmente al estilo Bronte.

Pero mira, hay rosales.

Esperemos que dentro sea bonito.

Seguro que sí.

El conductor detuvo el coche y se acercó para abrir la puerta. Ribby se estremeció al tropezar por el asfalto.

Antes de que pudiera llamar a la puerta principal, la abrió un hombre. Era alto, delgado y enjuto, y vestía de negro de pies a cabeza. Tenía la expresión de quien chupa un limón.

"Hola", dijo Ribby.

Con voz aguda, dijo: "Señora, el Sr. Anglófono espera su presencia. Le has hecho esperar demasiado tiempo".

"Lo siento".

No te disculpes, él es la ayuda. Empuja   como si fueras el dueño del garito. Eres el invitado de Theodore Anglófono. Mereces estar aquí.

Que es exactamente lo que hizo.

El hombre boquiabierto no estaba contento, pero era un profesional. Anunció la llegada de Ribby.

Teddy se levantó inmediatamente y con una floritura de la mano dijo: "Bienvenido a mi casa".

Ribby escrutó la habitación en la que estaba Teddy. Aunque no era un hombre alto, en aquel entorno parecía alto. Incluso la armadura que había al otro lado de la habitación era más baja que él.

Los caballeros eran mucho más pequeños de lo que imaginaba.

Ribby sonrió. "Gracias, Teddy. Qué habitación tan increíble".

¡Lotería!

"Querida -dijo Teddy-, pareces un cuadro en ella. De hecho, tengo que mandar pintar tu retrato tal y como estás ahora".

Teddy parece haber olvidado que estaba enfadado con nosotros.

Ribby se sonrojó. "Muchas gracias   por todo".

"Es un placer, querida Angela. Ahora ven aquí y siéntate frente a mí para que pueda observarte con la luz de la mañana entrando por detrás". Teddy chasqueó los dedos y su criado le acercó la silla a Ribby. "Confío en que todo haya sido satisfactorio en el B&B".

"Sí, es maravilloso, señor... Teddy".

"No estaba seguro de lo que te gustaba para desayunar, así que hice que mi cocinero preparara dos de cada cosa". De nuevo chasqueó los dedos y empezó el desfile de comida.

"¡Vaya!", dijo ella. Olores a beicon, sirope de arce, magdalenas de arándanos y salchichas llegaron a sus fosas nasales.

¡Menudo smorgasbord! ¡Suficiente comida para alimentar a un ejército!

El criado indicó a sus subordinados que sirvieran primero al Sr. Anglófono.

Anglófono dio una palmada.

El personal fue directamente a servir a Ribby.

Anglófono volvió a aplaudir. "¡Tibbles, tenemos que tomar Mimosas!".

Inmediatamente, un camarero cortó dos naranjas por la mitad y exprimió el zumo. Otro camarero abrió una botella de champán. El primer camarero combinó las dos bebidas. Ribby observó atentamente cómo el camarero servía cada sustancia con gran precisión.

Le dio un vaso lleno a Teddy para que lo probara. Teddy asintió con la cabeza: era satisfactorio. Llenó un segundo vaso y se lo entregó a Ribby. Brindaron por una estancia agradable y se sirvieron la comida.

"Espero que no te importe, pero he pagado la hipoteca de tu madre".

Ribby se quedó boquiabierto.

Teddy pidió más café y se lo sirvió. Mientras lo removía, añadió: "También he comprado el edificio donde está tu piso".

Ribby lanzó un grito ahogado. Utilizó la servilleta para limpiarse la comisura de los labios.

Fue un giro inesperado de los acontecimientos.

"Por supuesto, ya no tienes que pagar alquiler. Ahorra el dinero si no te mudas aquí. Viaja. Ve el mundo".

Di algo, lo que sea.

"Ah, y también he pagado tu tarjeta de crédito". Dio un sorbo a su Mimosa.

"Eh, gracias. Muchísimas gracias. Eres muy amable".

Ribby se sintió incómodo tras los anuncios de Teddy y se le notó.

"Dime, Angela, ¿cuál es el deseo de tu corazón?".

"¿El deseo de mi corazón?" dijo Ribby, ruborizándose. "No lo sé".

"Debes saber lo que quieres. Una chica inteligente como tú. Algo siempre demasiado lejos de tu alcance, y sin embargo tu corazón lo deseaba. Piénsalo. Volveré a preguntártelo a su debido tiempo".

Ribby escuchó mientras Teddy hablaba de sus viajes por el mundo.

"Podríamos sentarnos aquí y hablar más tiempo, pero tengo muchas ganas de enseñarte la biblioteca".

"Ah, sí. Estoy deseando verla", dijo Ribby. La Mimosa se le había subido a la cabeza. "Pero me gustaría tomar un poco de aire fresco. No estoy acostumbrada al champán tan temprano. ¿Está muy lejos para ir andando?"

Teddy se rió. "Para una jovencita como tú, no lo está, pero llevas esos zapatos tan inapropiados". Chasqueó los dedos. Entró una mujer. "Por favor, tráele a mi invitada un par de zapatos adecuados". La mujer hizo una reverencia, salió de la habitación e instantes después regresó con un par de zapatillas. "Ponte esto. Me llevaré tus tacones en el coche". Luego, a su criado: "Tibbles, dibuja un mapa a nuestro invitado".

"Por el camino, piensa en el deseo de tu corazón. Recuerda que quiero que le pongas nombre".

El aire era fresco y limpio. Le despejó la cabeza.

Es tan amable, gentil y generoso.

Puede que no sea lo que pretende ser o quien pretende ser. Mantengamos la guardia alta hasta que sepamos lo que quiere. Recuerda que nada es gratis.

Ribby siguió caminando, con la mente absorta en encontrar una respuesta a su pregunta.

Mantenle en vilo. No reveles aún nuestras cartas.

Dobló la esquina; vio la limusina y luego la Biblioteca.

Stephen abrió la puerta a Teddy, que salió sosteniendo los zapatos de Ribby. Se sentó en la limusina e intercambió los zapatos dejando los planos en la parte trasera del coche.

"Aquí está, querida", dijo Teddy. El cartel sobre la puerta decía E. P. Anglófono: Biblioteca Privada. Debajo del letrero había una placa: Bibliotecario Jefe: espacio en blanco.

Me sorprende que nuestro nombre no esté ya ahí arriba. Parece muy seguro de sí mismo.

Compórtate.

"Acompáñame", dijo.

Los grandes arcos de madera le dieron la bienvenida al interior. El anglófono le cogió la mano.

A Ribby le dio un vuelco el corazón. La biblioteca era redonda. Estanterías circulares. Libros, libros y más libros hasta donde alcanzaba la vista. Miles y miles. Y escaleras, preparadas, para llevarte al estante superior. Hasta la altura del techo, con vidrieras a unos seis metros de altura. Cuando miró hacia arriba y se dio la vuelta, se mareó.

Teddy la guió hasta una silla en la que se dejó caer con un suspiro.

"¿Satisfecha?"

"¡Caramba, sí!" dijo Ribby, intentando dominar sus emociones. "Es como sacado de un sueño".

Es bonito Ribby, pero algo no me parece bien.

"Dime ahora. ¿Cuál es el deseo de tu corazón?"

"¡Es esto!"

¡Qué tontito!

"No te preocupes", dijo Teddy. "Puede ser, y será, tuyo. Si tú..."

Aquí Teddy se detuvo cuando su chófer atrajo su atención. "Un momento, por favor, Angela. Ponte cómoda".

Ribby se levantó y se tambaleó. Subió una escalera, bajó y subió otra. Todos los autores que se le ocurrieron estaban aquí. Al darse cuenta de que el conductor había vuelto y estaba de pie debajo de ella, se ajustó la falda.

"Oh, me has asustado".

¡Yo no! Ven a verme.

"Lo siento mucho, pero han llamado al Sr. Anglófono. Me ha pedido que te acompañe de vuelta a la finca cuando estés lista".

"Yo, yo estaba..." dijo Ribby, bajando sin prestar toda su atención. Dio un traspié y se cayó.

El conductor, cuyo nombre ni siquiera sabía, la atrapó.

Ribby enrojeció. Sus miradas se cruzaron. La bajó y se alejó.

"Gracias.

No respondió.

Cree que lo he hecho a propósito. Que me gusta.

Ángela soltó una risita.

Lo siguió a través de la puerta hasta el aparcamiento y decidió no coger el coche.

"Prefiero ir andando", dijo.

"¿Estás segura? Él le miró los zapatos.

Ella levantó la barbilla y, sin responder, echó a andar.

"Lo que desee la señora".

Deberías haberle pedido los corredores.

¡Lo sé! ¡Lo sé!

De vuelta en la casa, con los pies doloridos y llenos de ampollas, Ribby vio al conductor sentado delante.

Ladeó el sombrero en su dirección, luego se tapó los ojos y volvió a dormirse.

Dios, qué mono es.

¡Ja! Teddy lo despediría si mencionara que no me dio mis otros zapatos.

¡Ni se te ocurra!

Al final, Ribby se quitó los zapatos y recorrió el resto del camino en medias.

La mirada que le dirigió Tibbles cuando entró en casa con los zapatos en la mano fue entre una mueca y una sonrisa.

¡Al diablo con él!

"Perdone, señorita", dijo Tibbles. "El Sr. Anglófono está detenido. Le gustaría que volviera al B&B. Avisaré al chófer para que te lleve".

Bueno, no puedo ir andando hasta allí.

No, trágate tu orgullo y sube al coche.

Hubo un silencio incómodo durante todo el camino hasta casa de la Sra. Pomfrere que ninguno de los dos ocupantes estaba dispuesto a romper.

¡Te comportas como una mocosa malcriada!

Me da igual.

El coche se alejó a toda velocidad y Ribby entró tambaleándose.

Capítulo 27

RIBBY DIO UN PORTAZO *cuando regresó a su suite. Tiró los zapatos por la habitación y se tiró en la cama,* amortiguando los sollozos con la almohada.

¡Es tan soñador!

Sabía que necesitaba mis zapatos y, sin embargo, no me los dio.

No se los pediste.

Aun así, trabaja para Teddy. Soy la invitada de Teddy. Debería intentar hacerme feliz.

Estás exagerando. Lávate la cara, te hará sentir mejor y olvídalo.

El problema es que no puedo. Me siento como una tonta. Yo cayendo en sus brazos como Jane Eyre.

¿A quién le importa? Si pensó eso, probablemente se sintió halagado. Segue. La biblioteca.

Es preciosa, lo es todo. ¿Pero por qué Teddy quiere que yo, una persona no cualificada, dirija su biblioteca?

Ves, por eso te dije que no debías poner todas las cartas sobre la mesa. Ahora sabe que ese lugar es tu deseo más sincero. Está jugando al Hada Padrina y nos tiene cogidos por las tetas.

Mi corazón dice que está a la altura. Que no tiene segundas intenciones. Pero mi cabeza, oh mi cabeza.

Ribby cogió su bolso y sacó el paquete de cigarrillos. Se deslizó uno entre los labios. Incluso sin encenderlo, el olor la tranquilizó. Lo apretó contra los labios y se quedó dormida.

"Tenemos que hablar", susurró Teddy a través de la puerta.

Ribby se incorporó con el cigarrillo aún colgando de los labios. Volvió a meterlo en el paquete. Hablando a través de la puerta cerrada, dijo: "Perdona, me habré quedado dormida".

"Prepárate. Tengo que llevarte a casa. Recoge tus cosas y nos vemos abajo en el coche".

Escuchó cómo se alejaba y se desplomó en el suelo, conteniendo un sollozo.

El anglófono da y el anglófono quita.

Pero, ¿por qué? ¿Qué he hecho? ¿Es por culpa de Stephen?

No seas ridícula.

No importa. Es lo mejor. Cámbiate de ropa. Sal de aquí con la cabeza bien alta.

Pero la biblioteca. Mi más sincero deseo. Ahora que se lo he dicho, después de todo no me quiere.

Ribby se puso la ropa con la que había llegado.

Él se lo pierde, Rib. Recuerda, con la cabeza bien alta. Además, todo lo que ganemos ahora, será nuestro. Ni alquiler, ni hipoteca, ni tarjeta de crédito. Básicamente, ¡estamos libres de deudas! ¡Imagínate lo bien que nos lo podemos pasar!

Al salir, le dio un beso en la mejilla a la Sra. Pomfrere.

"Nunca nos despedimos de nuestros invitados. Esperamos volver a veros".

"Gracias".

El chófer se quedó junto a la puerta, esperando a Ribby. Una vez dentro del coche, se abrochó el cinturón de seguridad. Giró la cabeza y miró por la ventanilla, asimilando todo lo que no volvería a ver y para disimular su decepción.

"Ángela, se trata estrictamente de negocios. No tiene nada que ver contigo ni con nuestro acuerdo".

"¿Quieres decir que aún me quieres?" preguntó Ribby con voz temblorosa y el corazón a punto de salírsele del pecho.

"Por supuesto, quiero que seas mi nueva Bibliotecaria", dijo rozándole el muslo con la mano.

Qué pervertido. Está jugando contigo. Aparta la mano de un manotazo.

Ribby se sonrojó. Ha sido un accidente. No ha sido nada.

El descaro del viejo pervertido. Te lo dije. Dale una pulgada...

"Conductor, por favor, levante la barrera. La señora y yo queremos un poco de intimidad".

Ribby levantó la vista, captó la mirada del conductor en el espejo retrovisor. Cruzó los brazos a su alrededor.

El anglófono abrió una botella de agua y se la entregó a Ribby exigiéndole que descruzara los brazos. Ella la cogió y bebió un sorbo.

"Ribby, me refiero a Angela, si la biblioteca es el deseo de tu corazón, entonces es tuya. Lo que yo tengo, es tuyo".

Se quedó sentada, escuchando, pero Anglophone se calló. Bebió unos sorbos más de agua, esperando.

¿Está esperando a que diga algo?

Está jugando. No digas nada. Nosotros ponemos las cartas sobre la mesa, deja que él haga lo mismo. Mientras tanto, mantén la calma. Disfruta de la vista.

Esto es muy bonito, pero tengo el corazón acelerado.

Cálmate. Respira hondo unas cuantas veces. Inspira. Exhala. Inspira. Exhala.

Sus ejercicios respiratorios se interrumpieron.

"¿Qué me darás a cambio del deseo de tu corazón?".

Allá vamos. Déjame a mí.

"Yo, yo no tengo nada que darte, Teddy. Sólo a mí misma".

En serio Rib, ¡cállate de una puta vez!

"¿Sólo a ti misma? ¿No te sientes digna?"

Ribby intentó hablar, pero las palabras se le atascaron en la garganta.

Quiere más Rib; quiere sexo.

Ribby se ruborizó de color rojo remolacha.

"Vaya, vaya", dijo Teddy, dándole unas palmaditas en el dorso de la mano. "Pareces muy preocupada, y no pretendía preocuparte. Soy un anciano. He vivido sin amor, sin tacto, durante muchísimo tiempo. Nunca podría esperar que quisieras a alguien como yo. Aunque fuera por el deseo de tu corazón".

"Yo", dijo Ribby.

"Shhh, déjame terminar. Deseo tenerte en mi vida. Por compañía. Por amistad. Si te enamoraras de mí   si pudieras amarme, ése sería el deseo de mi corazón. Quizá algún día lo cumplas".

Vaya, eso era una bola curva. ¿Psicología inversa? Ten cuidado.

Ahora había silencio en el coche y dos pasajeros extremadamente incómodos. Ribby bebió unos sorbos más de agua y Anglophone consultó su teléfono.

"¿Quieres casarte conmigo?", soltó.

OMG esa segunda bola curva fue tan exagerada que me quedé sin palabras, Rib.

Yo también, quiero decir, ¿qué se supone que tengo que decir? Quiero la biblioteca, pero no le quiero.

Somos jóvenes y vibrantes. Él está bien, tan por encima de la colina que casi está por el otro lado. Espera, ahora...

Oh no, ¿no estarás pensando lo que creo que estás pensando?

Un medio para un fin. Quiere que seas su amiga, que dirijas su biblioteca. No te pide sexo, sino compañía y amor. ¿Verdad? Entonces, si tú cumples el deseo de su corazón y él cumple el tuyo, ¿dónde está el daño?

Entonces, ¿por qué proponer matrimonio? Incluso yo sé que no sería un matrimonio legal a menos que se consumara. Sólo pensar en él y en mí...

Lo sé, lo sé.

T EDDY SE ENTRETUVO CON su teléfono.

Ribby y Angela debatieron los temas que tenían entre manos.

Vuelve a tamborilear con los dedos. ¡Qué molesto! Ahora hace clic con el bolígrafo -clic clac, clic clac, clic-.

Está esperando una respuesta.

No sé cómo puedo aceptar. Dame una razón por la que deba decir que sí. ¿Cómo puedo decir que sí?

Fácil. Una palabra: biblioteca. Dos palabras más: Bibliotecario Jefe.

Pero, ¿bibliotecario jefe de qué? No tengo personal, ni compañeros ni, de momento, clientes.

Pero tú serás el jefe de los libros.

No estás ayudando.

Lo intento.

Lo sé, pero para él nuestra relación no es más que un negocio. Seríamos marido y mujer, pero sólo de nombre. Quiero un hombre al que pueda amar, que me ame a cambio. Esto es conformarse.

¿Asentamiento? ¿Llamas a esto conformarse? Tienes treinta y cinco años y los treinta y seis están a la vuelta de la esquina. No tienes perspectivas, ni futuro. Esto te dará un futuro. Teddy puede abrir el mundo para ti, para nosotros. El amor no es todo lo que parece. Si no aceptas, te arrepentirás el resto de tu vida.

Ribby miró en dirección a Teddy.

Di algo. Cualquier cosa.

"Sólo necesito tiempo, Teddy, para pensarlo".

Teddy miró fijamente a lo lejos.

Pronto, pero no lo bastante pronto, el conductor se detuvo en la acera delante de la casa de Martha.

***

E N LA OSCURIDAD DEL asiento trasero, Ribby apretó y aflojó los puños. El rápido movimiento, la apertura y el cierre la llevaron a tomar una decisión. "Teddy, estoy segura de que podemos llegar a un acuerdo adecuado".

Teddy la rodeó con los brazos, esbozando una sonrisa. "Oh, gracias por hacerme el viejo más feliz del mundo".

¡Bien hecho, Costilla! ¡Bravo! Trabaja con él. Resuélvelo. Recuerda que aquí tenemos el control.

A Ribby le tembló la voz, pero logró esbozar una leve sonrisa al zafarse de su abrazo. "Tendrás que darme unos días para atar cabos sueltos".

"Puedo esperarte, Angela, pero, por favor, no me hagas esperar demasiado. Por ti ya he esperado toda una vida", dijo Teddy mientras le besaba la mano.

Oh, Dios mío, ¡está enamorado!

Intercambiaron besos en la mejilla.

El conductor abrió la puerta de Ribby, y él la sujetó mientras ella subía a la acera.

"Te llamaré dentro de veinticuatro horas", dijo Teddy.

Ribby asintió. Detrás de ella, en el porche, Martha gritó: "¿Eres tú, Ribby? Hola, Teddy". Saludó con la mano.

Teddy le devolvió el saludo mientras el conductor cerraba la puerta y volvía a la parte delantera del coche. Partieron.

"Sí Ma, soy yo".

"Has vuelto antes de lo que pensaba. Entra y cuéntamelo todo".

Ribby subió a trompicones las escaleras del porche.

Capítulo 28

RIBBY SALUDÓ A SCAMP con una palmada en la cabeza y el trío entró en la cocina.

"Ribby, siéntate. Tengo un millón de preguntas para ti. ¿Cómo te ha ido? balbuceó Martha, sin dejar que Ribby dijera una palabra. "Una taza, sí, te prepararé una taza de café y luego... Vaya, pareces agotado".

"Mamá, sí, estoy cansada. El viaje ha sido largo. El Sr. Anglófono, Teddy, es interesante".

"Pensé que os llevaríais bien. ¿Te ha hecho la pregunta?"

¿Sabía que le iba a hacer la pregunta? ¿Lo sabía? ¿Cómo?

"¿Sabías que iba a hacerlo?"

¿Esto forma parte de algún plan maestro? Esto es muy inquietante.

"Ama la biblioteca y no dejaría que la dirigiera cualquiera".

Ja, ja, se refiere a la biblioteca. Mi MAL.

"Por supuesto que no. Es muy generoso al ofrecerme esta oportunidad".

"El Sr. Anglophone se aseguró -antes incluso de conocerte- de que eras la elegida".

¿Qué se supone que significa eso? Hemos vuelto al concepto del Plan Maestro?

Ribby contuvo su furia. "¿Lo sabías?"

Mamá Queridísima volvió a caer más bajo que bajo.

"Rib, no te pongas así. Tenía buenas intenciones. Quería estar seguro. Con todo ese dinero, tiene que ser increíblemente cuidadoso".

Ribby se sentó en silencio, removiendo su taza de café.

Martha se levantó y se puso a ordenar. Miró a Ribby. "Estás agotado, ¿quieres que te prepare un baño?

¿Que te prepare un baño? Vale, quítate la máscara. ¿Quién es esta mujer?

"Sería estupendo.

Más tarde, en la bañera, Ribby se durmió y soñó.

Estaba flotando, completamente desnuda, dentro de una burbuja rosa en la biblioteca de Anglófono.

Anglophone apareció. Se pavoneaba, con la cara roja y los puños cerrados, mientras su chófer le hacía sombra.

Anglophone dijo: "Quiero que esos libros nuevos sustituyan inmediatamente a los viejos. Ponlos a la altura de los ojos, para que mi chica pueda encontrarlos".

"Eso no entra en la descripción de mi trabajo", replicó el chófer y le dio la espalda.

Anglophone le agarró por el brazo, tiró de él hacia abajo y le dio una bofetada en la mejilla. Aunque la bofetada fue dura, el conductor estaba preparado para ella y ni siquiera se inmutó.

"¡Tu trabajo es lo que yo te diga que es, muchacho!".

"Señor anglómano, por supuesto que haré lo que usted quiera que haga, por su bien y sólo por su bien. Soy tuyo para que hagas conmigo lo que quieras", dijo el conductor.

Anglophone le soltó el brazo. El conductor enderezó la espalda.

¿Qué poder tiene Anglophone sobre él?

Esto es un sueño. Estamos soñando. ¡Despierta, Ribby! ¡Despierta!

Shhh, esto es interesante. Intenta acercar los libros que quiere que veamos.

Lo intento, pero... maldita sea.

"Soy generosa contigo Stephen, y generosa con ella. No te pido mucho. Soy un anciano. Soy tu patrón. No seas impertinente en el futuro".

"Te pido disculpas", dijo Stephen, inclinándose hasta el suelo con el sombrero en la mano. "Puedo asegurarte que no volverá a ocurrir. Supongo que esto me llevará casi todo el día".

"Muy bien. Entonces empieza a rellenar los libros. Informa a Tibbles cuando hayas terminado la tarea".

"¿Qué hago con los libros viejos?" preguntó Stephen.

"Hay cajas vacías en la parte de atrás. Guárdalos de momento", dijo Teddy. "No significan nada. Puede que los regalemos en el futuro. Por ahora, guárdalas".

Teddy salió.

Stephen siguió trabajando. Miró por encima del hombro, donde Ribby estaba sentada desnuda en su burbuja imaginaria.

"Stephen -susurró-.

Es un sueño muy raro.

Teddy es muy duro con él.

Sí, espera la perfección.

Entonces, ¿qué hace conmigo?

"¡Despierta, Ribby!"

La burbuja de Ribby estalló cuando Martha entró en la habitación.

"Hace siglos que llamo a la puerta".

"Lo siento, mamá, me he dormido".

"Bien. Eso significa que te estás relajando. Aquí tienes algo para sorber".

Ribby se escondió casi debajo de las burbujas.

"No es que no lo haya visto todo antes, hija". Martha se rió.

Ribby se estremeció y cogió la copa de champán. Martha se sentó en el borde de la bañera.

"Por ti", dijo Martha mientras chocaban las copas.

Esto es muy raro. Esta mujer no puede ser tu madre. Te está adulando como si supiera que el viejo te ha hecho la pregunta y pretendiera irse a vivir con vosotros dos.

La espuma de jabón goteó por el brazo de Ribby y cayó sobre el tallo del vaso. "Madre, ¿cómo conociste al señor anglómano?".

"Ya te lo he contado, ¿no?".

"Creo que no. Si lo hiciste, no me acuerdo".

"Bueno, estábamos cenando y entró Anglophone", recordó Martha. "Era muy bullicioso y exigente con el personal y parecía tener cierta importancia. Teníamos curiosidad por saber quién podía provocar semejante escena. Cuando lo vi por primera vez, nos resultó familiar. Pensamos que era una figura política o que lo habíamos visto en televisión. Parecía agitado e insultaba al chófer de su limusina, que le seguía. Todo el mundo le miraba fijamente".

"¿Se dio cuenta?" preguntó Ribby. "Es decir, ¿de que todo el mundo en el restaurante le estaba mirando?"

"Al principio hizo caso omiso de los demás clientes. Cuando se dio cuenta de que estaba montando una escena, se disculpó con nosotros, no con su empleado. Luego invitó a todos a champán".

Parece un matón.

De acuerdo. "¿Y eso fue todo?" dijo Ribby.

"No, no, mi niña. Después de eso, le pedimos que se uniera a nosotros, y aceptó. Trató, y comimos y comimos. Fue una velada maravillosa. Nos invitó a quedarnos con la Sra. Pomfrere como invitados suyos. Por eso alargamos nuestras vacaciones, porque no nos costaba nada".

"Pero entonces, ¿cómo entré yo en la conversación?".

"Durante la cena, no estoy segura de qué estábamos hablando, pero le hablé de ti. Sobre tu papel en la biblioteca y el voluntariado con los niños del hospital. Teddy estaba bien intrigado. Quería conocerte. Mencionó su biblioteca. Dijo que estaba cerrada, hasta que encontrara a la persona adecuada para dirigirla. Preguntó por ti".

Cuéntanos más cosas sobre el acosador Teddy.

"Es muy tímido al respecto, viendo que ya sabía de mí".

"Saber de alguien no es lo mismo que conocerlo, hija".

"Sí, pero parece que él ya lo había decidido".

"Eso no lo sé".

"Él, Teddy, me pidió que dirigiera su Biblioteca Ma, pero había otras condiciones. Complicaciones".

"¿Complicaciones como cuáles?"

"Tales como que tengo que dejar mi trabajo. Mudarme a otro sitio. Tengo que dejar a los niños".

"Otra persona se hará cargo. Tienes que ser egoísta por una vez en tu vida".

Ribby se relajó un poco y bebió otro sorbo de champán.

"Por lo que vi del Sr. Anglophone era muy generoso. No era un tacaño".

Me pregunto si sabe lo de la hipoteca.

No soy quién para decírselo.

"Cierto". Ribby se estremeció. "Necesito pensar más en esto Ma, y salir de aquí antes de que mi cuerpo se convierta en una ciruela pasa".

Martha se levantó y cogió la copa de champán de Ribby. "Hija, probablemente nunca volverás a tener una oportunidad como ésta. Sé que no siempre he sido la mejor de las madres. Sé que tomarás la decisión correcta".

"Gracias", dijo Ribby. Una vez cerrada la puerta, salió de la bañera, se secó y se puso el camisón.

Aquel era absoluta y completamente el momento 'amordázame con una cuchara' de madre e hija.

Mamá se esforzaba por ser comprensiva.

Sí, claro que lo hacía. Podía ver el símbolo del dólar en sus ojos. Pero cambiemos de tema. Hablemos de aquel sueño extraño.

Sí, en mi sueño se llamaba Stephen.

Siempre pensé que me recordaba a Stephen Moyer, de True Blood.

No he visto esa serie, pero sé a quién te refieres.

Sin embargo, era raro que los anglófonos sustituyeran los libros por otros nuevos. No lo entiendo.

Fuera lo viejo y dentro lo nuevo. Eso es doble propósito. Libros nuevos con un Bibliotecario nuevo. Para mí tiene mucho sentido.

Me pareció más bien una premonición.

Ribby se rió. No soy tan listo como para tener premoniciones.

Pero yo sí.

Eres muy gracioso.

Capítulo 29

*T*RAS UNA MAÑANA APRESURADA, *ya que se quedó dormida, Ribby llegó al trabajo y se dirigió al edificio.*

Inmediatamente le llamó la atención una pancarta en la que se leía "¡FELICIDADES RIBBY!" llamó su atención.

Ro-ro. Parece que alguien se ha llevado el gato al agua. ¿A quién? ¿A mamá? Yo... yo....

Una avalancha de gritos y aplausos.

Oh no, ¡tengo que salir de aquí!

No, no tienes que hacerlo. Es demasiado tarde para eso. Te ven. ¡Sonríe!

Ribby sonrió mientras sus compañeros se reunían a su alrededor.

"¡Muy bien, Ribby!"

"¡Sabíamos que podías hacerlo!"

"¡Estamos inmensamente orgullosos de ti! ¡Bibliotecaria jefe! Guau!"

En el tablón de anuncios había la siguiente nota:

"¡Enhorabuena a nuestro Ribby Balustrade!

Bibliotecario Jefe de la Biblioteca Privada E. P. Anglophone.

Firmado: Sra. P. Wilkinson, Bibliotecaria Jefe".

Ribby se frotó los ojos con incredulidad. Al abrirlos de nuevo, murmuró en voz baja. ¿Cómo había podido anunciarlo sin preguntarle antes? Cerró los puños y el calor subió a sus mejillas. Ya no tenía el control de su vida, de su destino. Se puso detrás del mostrador y apoyó la cabeza en el escritorio.

Espabila, Rib. Estás arruinando su alegría. Están muy orgullosos de ti y es tu último día aquí. Tómatelo con calma. Mantén la cabeza alta.

¡Pero lo prometió! Dijo que podía tomarme el tiempo. Ahora es mi último día. ¡MI ÚLTIMO DÍA!

Lo hecho, hecho está. Puedes regañarle por ello más tarde. Por ahora, disfruta del momento. Sé una inspiración.

La Sra. Wilkinson se acercó al escritorio. "En primer lugar, quiero darte las gracias por cubrirme cuando estuve en el hospital. En segundo lugar, ¡estoy muy orgullosa de ti, Ribby! Cuando el Sr. Anglófono me llamó, me refiero al Teodoro Anglófono, me sentí tan orgullosa de ti. Lloré. De verdad. Siempre has sido como una hija para mí".

"Gracias, Sra. Wilkinson".

"Un hombre tan poderoso. Que te eligiera, a tu edad, para ser Bibliotecaria Jefe. Vas a llegar lejos".

"¿Has oído hablar del Sr. Anglophone?"

"No le conozco personalmente, pero sé de él. Además, la arquitectura de su biblioteca aparecía en varias revistas. Igual que su casa".

"Sí, la biblioteca es muy bonita, igual que su casa, pero no sabía lo de las revistas".

"*Vamos a celebrar un almuerzo en tu honor. Catering completo, gracias al Sr. Anglófono, que insistió en cubrir todos los gastos*".

"*¿Ah, sí?*" dijo Ribby.

Ese viejo y astuto mendigo.

"*Mientras tanto*", continuó ella, "*disfruta de tu último día*".

"*Gracias, señora Wilkinson*".

Ribby miró en dirección a sus compañeros, que habían vuelto a sus tareas. Curiosa, se conectó al ordenador y buscó a Theodore Anglophone en Google.

Lo más buscado era un artículo del periódico local. El titular decía: "Muerte sospechosa en la biblioteca local".

¿Qué?

Ribby siguió leyendo.

¿Murió el Bibliotecario Jefe?

Por eso la cerró. Parece que la mujer estaba loca.

Oh, Teddy encontró su cuerpo. Debió de ser horrible para él.

No, mira aquí. Dice que llamó a la policía, pero los reporteros llegaron primero.

Los periodistas siempre llegan primero. Tienen fotos de la mujer. Parece demente. ¿Dónde está su ropa? Y parece que escupe a los periodistas.

A muchos les gustaría escupir a los periodistas.

De acuerdo, pero mírale los ojos. Parece desesperada. Temerosa.

Histérica. Dice que Teddy cerró la biblioteca después de aquello, que juró no volver a abrirla.

Hasta ahora. Necesito salir de aquí a tomar el aire antes de que empiece el almuerzo. Se acercó a la Sra. Wilkinson y le pidió permiso para irse.

"Bueno, ahora no puedo despedirte, ¿verdad?". rugió la Sra. Wilkinson. "Después de todo, ¡éste es tu último día!".

"Sí, es verdad", dijo Ribby. Más simpatizantes la aclamaron cuando pasó. Una vez fuera, sacó un cigarrillo del bolso y lo encendió.

Quizá nos hayamos precipitado un poco.

Un poco.

RIBBY REGRESÓ A LA Biblioteca a tiempo para el almuerzo. La variedad de comida del bufé era más que suficiente para todos. Todos picotearon, se mezclaron y charlaron.

La señora Wilkinson empezó a cantar: "Porque es un buen compañero". Las mejillas de Ribby se encendieron. La señora Wilkinson pronunció un breve discurso y luego le entregó un regalo a Ribby.

"¡Ábrelo! Ábrelo!", cantaban sus compañeros.

Ella abrió el paquete. Era un teléfono móvil.

"Ya hemos añadido todos nuestros datos de contacto para que podamos mantenernos en contacto", dijo la Sra. Wilkinson.

Como si quisiéramos estar en contacto con ellos.

"Muchas gracias", dijo Ribby.

"¡Discurso! Habla!", gritaron.

Ribby no estaba acostumbrado a hablar en público y masculló unas cuantas frases incoherentes.

Me están dando escalofríos.

Dijo que los echaría de menos a todos.

Lo has conseguido, Rib. Ahora, larguémonos de aquí.

Aplaudieron. La señora Wilkinson llamó la atención de todos aclarándose la garganta. "¡Le doy a Ribby el resto del día libre! Gracias, Ribby, por tantos años de excelente servicio a la Biblioteca de Toronto. Por favor, mantente en contacto".

El personal formó una procesión.

Como en una boda.

O un funeral.

Fuera, una limusina esperaba en la acera.

Ribby apretó los puños.

Respira hondo.

El conductor se bajó.

Stephen.

Se inclinó el sombrero y procedió a abrir la puerta trasera. Dentro esperaba Teddy con una enorme sonrisa en la cara. Dio una palmada en el asiento, animando a Ribby a entrar.

Entra y tranquilízate primero antes de decir nada.

Bien. Ella aflojó los puños. Se sentó y se abrochó el cinturón. Respiró hondo. "Hola, Teddy".

"¡Cierra la puerta, Stephen!" ladró Teddy.

Stephen. Se llama Stephen de verdad.

Un poco a lo Twilight Zone, ¿no?

"Adelante", ordenó el anglófono. La barrera se levantó y el conductor siguió adelante.

"Espero que hayas tenido un día agradable, Angela".

"Ha sido bastante extraño", dijo Ribby. "Después de todo, era mi último día". Respiró hondo. "No sabía que ibas a informar a la Sra. Wilkinson de nuestro acuerdo. Quería resignarme. Era algo importante para mí". Sus mejillas se sonrojaron y su voz tembló mientras luchaba por mantener la compostura.

"¿Por qué deberías hacer lo que yo puedo hacer por ti?" susurró Teddy. Le puso la mano en la pierna.

Esta vez no había duda sobre sus intenciones. La dejó allí. Ella no la retiró.

"Sé que esta gente de la Biblioteca no siempre se ha portado bien contigo. Sé que se han aprovechado de ti y que no te han apreciado. Quiero que les dejes. Quiero que sepan que eres mejor que ellos. Tú ganas y ellos pierden".

¿Qué? Sabíamos que nos observaba, pero esto es... extremo...

Cierto. Me pregunto qué más sabrá.

Ribby respiró hondo.

"Sé muchas, muchas cosas sobre ti. Sobre el mundo", confesó Teddy. "Los tontos llorones son una docena. No son dignos de lamerte las botas. Si alguien te ha hecho daño, indícamelo y me encargaré de él".

¡Y un sicario! Rib, esto se está volviendo totalmente loco.

Ribby había estado clavando las uñas en el pomo de la puerta. La soltó. "No, no, no hay nadie así. Llevo una vida bastante sencilla. Trabajo, voy al hospital, vuelvo a casa y no tengo mucha vida social".

Mantén la calma. Mantén la calma.

"Lo harás". Levantó la mano con la palma abierta, como si quisiera chocar los cinco con ella. Ella siguió su mano cuando se levantó y cuando la volvió a dejar a su lado. "Cuando estemos juntos, el mundo se inclinará ante ti y todos te amarán y desearán complacerte".

La descripción de una reina o princesa.

Miró a Ribby a los ojos. Se le revolvió el estómago. Le besó.

Ah, vaya, Rib... ¿qué pasa?

"Lo siento", dijo Ribby, disgustado por sus actos. Es culpa tuya. Me veía como una reina o una princesa.

Yo también, pero estábamos encerrados en una torre de marfil.

"Fue un gesto encantador", dijo Teddy. "Y aún mejor porque tú misma tuviste el impulso de hacerlo y lo seguiste. Sí, ya veo que seremos felices juntos. Vuelve conmigo ahora. Ven a nuestra casa. Empecemos hoy nuestra vida juntos".

"Espera, Teddy, espera. Todavía tengo que poner algunas cosas en orden".

"Cenemos juntos esta noche. Vamos a celebrarlo!"

"Estoy agotada Teddy y quiero pasar algún tiempo con los niños del hospital. Necesito despedirme y atar algunos cabos sueltos".

Teddy apartó la mirada un segundo cuando ella hizo una pausa.

Lo sabe.

Puede, pero le besé.

Sí, ya lo creo. ¿Por qué?

Sinceramente, no lo sé.

Qué raro.

"Sí, ya veo que es algo que debes hacer. Pero me siento atraído por ti. Quiero estar cerca de ti. Quiero que estemos juntos. Déjame llevarte a casa, Angela", suplicó Teddy.

"En realidad, agradezco la oferta, pero preferiría coger el autobús".

Le tocó el dorso de la mano.

"¿Dónde quieres que te dejemos?".

"Aquí, aquí mismo está bien".

Stephen paró el coche. Antes de que pudiera salir y abrir la puerta, Ribby la abrió y salió.

"Hasta que volvamos a vernos", dijo Teddy, lanzándole un beso en su dirección y sin romper el contacto con los ojos.

Ribby se encontró atrapándolo y llevándose los dedos a sus propios labios.

Blech, Rib. Estás yendo demasiado lejos.

Era como si estuviera poseída o algo así.

Ha sido una actuación digna de un Oscar. He dicho algunas cosas y he hecho otras, pero tú, Ribby, te llevas la palma.

¡Muérdeme!

Capítulo 30

R IBBY LLEGÓ A CASA y oyó a su madre sollozar.

"¿Qué te pasa, mamá?"

"Es tu tía Tizzy. Ha muerto".

"No me lo creo".

Buena actuación, Ribby.

"Sí, yo tampoco me lo podía creer, pero han encontrado su cadáver. Estaba en la furgoneta de Attics-R-Us con uno de mis criados".

"Ah."

"Era un hombre extraño", dijo Martha.

Puedes repetirlo.

"Qué horror. Pobre tía Tizzy".

"Acabo de volver de identificar su cuerpo. Ahora están llamando a su marido y a su hija. No deberían verla, no si pueden librarse de ello. Deberían recordarla, como era. No como yo la vi. Toda hinchada y....". Fue a la barra y se sirvió un trago de whisky solo. Se lo bebió de un trago.

"¿Cómo, cómo ocurrió?"

Ribby, ésta es otra actuación ganadora del Oscar. Mantén la voz firme. Mantén la voz firme.

"Creen que se despeñó en su furgoneta después de apuñalarle, ya que tenía una puñalada en la espalda. Los forenses me llamaron y dijeron que la habían violado".

"¿Violada? Dios mío, qué horrible".

"Espera un momento. ¿Recuerdas el cuchillo que encontré el otro día? ¿Dónde está ese cuchillo? Podría ser el arma del crimen. ¿Qué hicimos con él?", dijo sacudiendo a Ribby. Entonces se detuvo y se puso más pálida que la leche. "Y el Sr. Anglophone... ¡Oh, este escándalo podría arruinarlo todo para ti!".

"¿Qué tiene él que ver?"

"Quiero decir, sobre mí. Sobre mis caballeros. Si sale a la luz, arruinará tus oportunidades".

Ribby abofeteó con fuerza a Martha.

Otra vez. Otra vez.

"Tienes que serenarte, mamá. Nada de esto tiene que ver contigo, con nosotros, y al señor Anglophone no le importará nada de nada. Además, no es ajeno a los escándalos".

"¿Lo sabes entonces?" preguntó Marta.

"Sí, sé lo del antiguo Bibliotecario que murió en la biblioteca de Anglophone. Todo suena muy extraño".

"Los hombres", dijo Martha. "Los hombres pueden contarlo, y sus mujeres también, y todo el mundo sabrá que tu madre es una puta".

"Por favor, madre, deja de divagar. Me estás calentando la cabeza".

"Prométeme algo, Ribby. Prométeme que llamarás a Teddy y le dirás que quieres reunirte con él ahora.

Vete de aquí y de la ciudad. Antes de que estalle el escándalo".

"Pero mamá, la finca anglófona no está lejos de la ciudad. Teddy se enteraría. Acabo de dejarle. Tengo cabos sueltos que atar. Aún no estoy preparada para irme".

"¡Noooooooo!" gritó Marta. "¡Tienes que salir de esta casa YA!". Martha subió corriendo las escaleras y empezó a meter las cosas de Ribby en una maleta.

Ribby la siguió.

Está perdiendo la cabeza, Rib.

Ya veo. Se está desmoronando.

Martha siguió empaquetando, doblando y enrollando su ropa usada. Murmurando para sí: "Te estoy salvando. Tú eres lo único que importa".

Ribby, sin saber qué más hacer, gritó: "¡PARA!".

Martha se quedó tan quieta como un ciervo sorprendido por los faros.

Ribby le explicó. "El señor Anglophone me ha regalado un armario lleno de ropa nueva increíble". Cogió la bolsa que se había llevado en las actuaciones del hospital y se la echó al hombro.

¡No vas a necesitar eso!

Puede que sí y puede que no, pero no voy a dejarlo aquí.

"Ah, ya veo", dijo Martha, deshaciendo el equipaje. "Llámale. No puede estar lejos. Hija, si alguna vez me quisiste. Si alguna vez pudiste perdonarme y hacer esto por ti, hazlo AHORA, por favor".

Creo que deberías hacerlo, Rib.

Estoy de acuerdo. Cuando me haya ido, ella se recompondrá.

En el estado en que se encuentra, no lo sé.

Tiene que hacerlo.

Ribby llamó a Teddy.

"Claro, no estoy lejos. Iré a recogerte".

Martha y Ribby se abrazaron.

Mientras la limusina se alejaba, Martha observó a su hija hasta que dejó de verla. Cerró la puerta principal y se arrodilló. Permaneció allí uno o dos segundos, con la espalda apoyada en la puerta.

La vida de Marta pasó ante sus ojos, todo lo bueno que había hecho y todo lo malo. Había más cosas malas que buenas. Sólo Ribby caía en esta última columna. Recordó a su hermana cuando eran íntimas, años atrás. Una hermana con la que se había peleado por nada. Una hermana a la que nunca volvería a ver.

Su mente volvió al cuchillo que había encontrado. Lo cautelosa que había sido su hija al respecto e incluso había bromeado sobre la posibilidad de que Tizzy matara a alguien con él. Qué extraño. Por no hablar de lo imprecisa que había sido su hija sobre el regreso de su hermana. Todo era bastante extraño. Algo no iba bien. Se preguntó dónde estaría ahora el cuchillo. Su hija estaba implicada, de eso no cabía duda.

Imaginó lo que podría haber ocurrido. Carl Wheeler podría haber aparecido. ¿Habría abierto Tizzy las persianas? Si se hubieran abierto por accidente, Carl habría entrado como un invitado. Y entonces, jadeó. Se sentó, pensando en lo que podía haber pasado.

Cómo podría haber entrado su hija... lo que podría haber visto...

Subió corriendo las escaleras hasta la habitación de Ribby. Su hija escondía cosas en el armario, lo había hecho desde que era pequeña. Sin duda, Martha encontró el cuchillo envuelto en una toalla. Y no sólo el cuchillo, sino la ropa ensangrentada de su hija.

Sacó el cuchillo fuera y lo enterró bajo el suelo del cobertizo junto con la ropa ensangrentada.

Volvió a entrar y se sirvió otro whisky. Esta vez uno grande. Sonó el teléfono, pero no contestó. Se quedó allí sentada, sorbiendo y sorbiendo hasta que sonó solo.

Capítulo 31

*E*L TRAYECTO HASTA LA casa de Teddy fue tranquilo. En su visión periférica se dio cuenta de que Teddy se había dormido. Incapaz de dormir, decidió llamar a Martha.

Sonó varias veces sin respuesta. "Contesta Ma, contesta. Sé que estás ahí".

"Ah, um, ¿qué?" dijo Teddy, despertándose sobresaltado.

"Siento despertarte, Teddy. Estoy intentando llamar a mi madre".

"Ah, ¿y cómo está Martha?"

"No contesta", dijo Ribby, guardando el teléfono en su bolso.

"No importa", dijo Teddy, dándole una palmada en el muslo a Ribby. "Puedes llamarla por la mañana. ¿Puedes decirme, Angela, en qué estabas pensando?".

"¿Cuándo?" preguntó Ribby.

"Antes de dormirme", comentó Teddy. "Parecías perdida en algún lugar profundo de tus pensamientos".

Ribby empezó a decir algo, pero Teddy le interrumpió "Ángela, no es una crítica hacia ti, pero cuando estamos juntos, me gustaría que sólo pensaras en mí. En nosotros".

Ahora quiere controlar tus pensamientos.

No creo que se refiera a eso.

"Desde que era pequeña, mamá tuvo que criarme sola".

"Ya lo sé, Ángela. Martha me lo contó. Me dijo que a menudo era una mala madre. Y, sin embargo, te preocupas por ella. Qué pintoresco". Tomó su mano entre las suyas.

Saca los violines.

Volvió a dormirse, cogiéndole la mano.

¡Más tiempo de siesta es bueno!

Capítulo 32

A LA MAÑANA SIGUIENTE hubo un alboroto fuera de la casa de Martha. Bocinazos. Chirridos de neumáticos. Cámaras parpadeando. Voces fuertes.

Martha levantó la persiana. Era un caos. Una mujer llevaba un cartel que decía "¡Fuera de nuestro barrio, puta!".

"¡Ahí está!", gritó alguien, mientras las cámaras hacían clic y parpadeaban.

"¡Está en casa!"

Martha fue a la cocina y se preparó una taza de té. Mientras sorbía, Scamp se sentó lo bastante cerca para que pudiera acariciarlo.

Llamó a John MacGraw y dejó un mensaje. "Soy yo. No vengas hoy. Pasa desapercibido las próximas semanas. Los periodistas, cabrones, se arrastran por todas partes. No quiero que te impliquen. Llámame cuando puedas...". El tiempo del mensaje terminó con un pitido. Martha volvió a colocar el teléfono en su sitio con la esperanza de que él oyera el mensaje antes que su mujer.

Se sentó, hojeó los canales de televisión hasta que llamaron a la puerta.

"Martha, soy yo, Sophia".

Por el ojo de la cerradura vio a su vecina, la Sra. Engle.

"¡Atrás, buitres!" gritó Sophia con los puños en alto. "Esta mujer está en la intimidad de su casa. ¡SHOO! ¡Desgraciados! Id a buscar una ambulancia o algo!".

Martha abrió la puerta. Un reportero gritó: "¿Por qué estaba aquí tan a menudo el tipo de Attics-R-Us? Encontraron su agenda y te visitaba semanalmente".

"Sin comentarios", dijo Martha mientras cerraba la puerta tras su vecina.

La señora Engle se deslizó dentro. "¡Uf! Necesito una taza de té, Martha, amiga mía".

"Seguro que te mereces una. Acabo de prepararme una. Y gracias, Sophia".

"No ha sido nada. Me he enterado de lo de tu pobre hermana. Esas víboras deberían dejarla llorar en vez de armar jaleo por cosas y tonterías".

"Supongo que es un día de pocas noticias", dijo Martha mientras servía el café y ofrecía a Sophia azúcar y leche.

Sophia rechazó ambos. "¿Dónde está Ribby?"

"Se ha ido. Menos mal. Tiene un nuevo trabajo, fuera de la ciudad".

"Bien por Ribby. Mientras tanto, seguro que otro acontecimiento desviará su atención de ti. Esos buitres podrían aprender un par de cosas sobre modales".

"Claro que podrían", dijo Martha.

Sophia marcó el 911.

Martha sonrió cuando Sophia empezó a hablar.

"Sí, ¿es la policía?" Hizo una pausa. "Bueno, será mejor que vengáis todos aquí o tendré que tomarme la justicia por mi mano. Mhmmmm. Reporteros por todas partes. Pisoteando mis rosas. Alterando la paz. No sé cómo se atreven. Vale, sí, Sophia Engle, 44 Midas Lane. Estoy atrapada al lado, 42 Midas Lane, vale. Lo haré. De acuerdo. Gracias. Hasta luego. Alabado sea el Señor!"

Marta y Sofía esperaron a que llegara la policía.

No parecía tan grave ahora que tenía a alguien con ella.

Capítulo 33

ERA MEDIANOCHE CUANDO LA limusina se detuvo frente a la mansión anglófona. No estaba del todo oscuro, y un ligero resplandor de algo parecido a una vela emanaba de las ventanas.

La casa abrió sus brazos y Ribby entró, seguido de Stephen que cargaba con su bolso.

Teddy se detuvo en la puerta, donde estaba su criado.

El criado ayudó a su amo a quitarse el abrigo.

Cuando miró a Ribby, un escalofrío le recorrió la espalda. Sonrió, una sonrisa poco acogedora. Una sonrisa que aún se parecía a la de alguien que había estado chupando limones.

Debía de ser su estado habitual.

Sus labios fruncidos se transformaron en una sonrisa dentada cuando Anglophone se encaró a él.

"Éste es tu nuevo hogar, Ángela. Bienvenida!" dijo Teddy, radiante. "Stephen, deja la bolsa y puedes irte. El coche necesita una limpieza, tanto por dentro como por fuera".

"Sí, señor", dijo Stephen.

Stephen se inclinó primero ante Teddy y luego ante Ribby y se marchó.

"Éste es mi criado, Tibbles. Le conociste el otro día. Es el encargado de llevar la casa. Tibbles, señorita Angela. Confío en que todo esté en orden".

"Sí, señor, todo está listo para la llegada de tu joven dama", mientras recogía la maleta de Ribby y se alejaba.

Ribby, inseguro de lo que debía hacer, miró a Teddy en busca de orientación.

"Ha sido un largo día y deseo retirarme, querida", dijo Teddy, besándole la mano. "¡TIBBLES!", bramó. "Por favor, acompaña a la señorita Angela a su habitación".

Tibbles esperaba en lo alto de la escalera con la bolsa de Ribby.

Ribby subió la escalera hacia Tibbles: "¿No subes?".

Teddy permaneció al pie de la escalera como Rhett Butler observando a Scarlett O'Hara.

"Mis aposentos están en la planta baja. Buenas noches, ángel mío. Que duermas bien".

Cuando Anglophone estuvo fuera del alcance de sus oídos, Tibbles resopló. "Sígueme", dijo, guiándola por el pasillo. Unas puertas más abajo, abrió de golpe la puerta y le hizo señas a Ribby para que entrara. La siguió y esperó instrucciones.

Ribby contempló su nuevo alojamiento. Su nuevo hogar. Las flores llenaban todos los rincones. Rosas. Cientos de ellas. Todo en la habitación era rosa, bonito y hermoso.

"Confío en que esto sea satisfactorio", dijo Tibbles. Dejó caer la bolsa al suelo.

"Sí, vaya que sí". Se dio la vuelta y volcó un jarrón de capullos que se hizo añicos contra el suelo. Se arrodilló y empezó a recoger los trozos, sin dejar de disculparse.

"Yo me encargo", dijo Tibbles, apartándola y sacando una escoba y un recogedor del interior de su chaqueta. "Si no hay nada más, señorita Angela, ¿puedo retirarme por esta noche?".

"Oh, sí, gracias y, muchas gracias. Por todo".

Tibbles se inclinó y casi sonrió.

Quizá tenga gases.

Ribby se rió.

Tibbles cerró la puerta al salir.

Cuando se hubo ido, Ribby abrió una puerta, que esperaba que condujera al cuarto de baño. Era un vestidor. Abrió otra puerta; era un tocador, pero no había retrete. Entonces, ¿dónde estaba el baño?

"¿Tibbles?" llamó Ribby, pero ya se había ido. Supongo que tendré que esperar hasta mañana.

¿No hay una campana o algo que puedas tocar para que vuelva?

No veo ninguna.

Cuando seas reina de la mansión, te instalarán una.

Sí, será lo primero en mi lista de prioridades.

Ribby temblaba dentro del camisón. Encendió la manta eléctrica y se esforzó por no sentirse como una princesa que tuviera que hacer pis.

Ribby se despertó en mitad de la noche con dolores en los costados. Tenía que levantarse y buscar el baño, y cuanto antes mejor. Se puso sobre la alfombra de piel de oso que había junto a la cama, tiritó y buscó una capa. Encontró una atada a un gancho del armario. Le quedaba bien. Una vez más, Teddy conocía las tallas de las mujeres.

Piensa en todo.

Sí, ¡menos en decirme dónde está el retrete!

Eso debería haberlo hecho el cara de caca de Tibbles.

Ribby abrió la puerta y miró por el pasillo en busca del cuarto de baño. Cada paso que daba era doloroso.

Deberían despedir a ese hombre.

No, es culpa mía   debería haber preguntado.

Ribby caminó hasta el final del pasillo. Empezó a abrir puertas. La puerta número uno era una habitación de invitados. La puerta número dos era la habitación de un chico todo de azul.

¿Pero qué...?

¿Quizá tiene un hijo? ¿Y dejó su habitación como estaba cuando se mudó?

Sí, algunos padres hacen santuarios a sus hijos.

En la puerta número tres, Ribby rodeó el picaporte con los dedos.

"¿Puedo ayudarle?"

Ribby se volvió y encontró a Tibbles, con la mano en la cadera, vestido con un camisón, una gorra y llevando una vela. Parecía un personaje de una novela de Charles Dickens.

"Siento molestarte, pero tengo que ir al baño. No sé dónde está".

Tibbles palideció. "Sígueme". La condujo de nuevo por el pasillo, pasando por delante de su propia puerta y, dos puertas más abajo, a la derecha, hasta el cuarto de baño. "¿Habrá algo más esta noche, señorita?"

"No, no, Tibbles. Muchas gracias", dijo Ribby mientras se apresuraba a entrar y se dirigía al baño. Orinar nunca le había sentado tan bien, y se dio cuenta de que la acústica de la habitación era muy ruidosa. Sintió el impulso de decir algo para ver si le devolvía el eco, pero decidió no hacerlo.

Sin embargo, Angela no pudo resistirse y empezó a cantar el estribillo de "Like A Virgin" de Madonna. ¡Esta acústica es impresionante!

Cuando terminó sus abluciones, echó un vistazo al cuarto de baño.

Vaya, toallas con "Angela" bordado.

¿Cómo podía haberlo arreglado?

Seguro que el criado cose.

Parece muy...

¿Rígido? ¿Rígido?

Sí, y sí.

Desde luego, el anglómano piensa en todo.

Sí, es reflexivo.

No me refería a eso. No importa.

Ribby regresó a su habitación y volvió a dormirse.

Angela se estaba aburriendo de la forma en que Ribby lo veía todo. Quería algo de emoción; echaba de menos salir de marcha y todo lo que ello conllevaba.

Angela se preguntaba por Stephen. ¿Estaba soltero? ¿Le gustaba divertirse?

Sin embargo, no quería estropear la actuación con el viejo.

Cuando llegue el momento, ¡todo será mío!

¡Suena una risa siniestra!

Capítulo 34

A LA MAÑANA SIGUIENTE, Ribby abrió los ojos al oír que alguien llamaba a su puerta. Antes de que pudiera contestar -sentía como un déjà vu-, la persona volvió a llamar.

"Saldré enseguida", dijo, mientras echaba hacia atrás las mantas, se estiraba y bostezaba.

"El señorito Anglófono espera su presencia, señorita. No le gusta que le hagan esperar. Por favor, date prisa".

"Haré lo que pueda", dijo Ribby, y la mujer se marchó. Ribby se duchó, se atusó el pelo y se arregló la cara pellizcándose las mejillas. Volvió a su habitación y cogió lo primero que encontró en el armario. Era un traje pantalón de ante que le quedaba perfecto. Bajó las escaleras.

"Buenos días, Teddy", dijo Ribby, mientras Tibbles la acompañaba al comedor.

"¡Por fin!", murmuró en voz baja una empleada.

Tibbles la miró con los ojos casi saliéndosele de la cabeza, y luego a Anglófono. Cuando estuvo seguro de que Anglophone no la había oído, la despidió.

"Sí, bueno, Angela, siéntate y disfruta del primero de los muchos desayunos que compartiremos en esta casa como pareja. ¿Has dormido bien? Tengo entendido que Tibbles te asistió a las dos de la madrugada". Teddy dio una palmada. El personal empezó a servir.

"Sí", dijo Ribby, poniéndose escarlata. Miró a Tibbles. Se miró los zapatos.

"Tibbles ha sido amonestado por descuidar sus obligaciones. No volverá a ocurrir".

"Le pido disculpas, señorita Angela", dijo Tibbles, inclinándose ante Teddy y luego ante Angela.

"No fue culpa suya. Debería haber preguntado".

"Te aseguro que siempre es culpa de la ayuda. Cuando eres empresario, nunca deberías tener que preguntar".

Ribby se centró en su comida. La camarera llegó a su lado y se ofreció a echar nata en la avena. Ribby le dio las gracias. "Creo que no nos conocemos". dijo Ribby a la camarera, que dio un paso atrás y se tapó la cara. Ribby miró en dirección a Teddy. Le temblaba el labio superior. Se dio cuenta de que había metido la pata.

"Señora Haberdash, le presento a la señorita Angela", dijo Teddy en tono sarcástico. "Ahora déjanos desayunar en paz. No os quiero a todos revoloteando por aquí. Es malo para la digestión".

"¿Señor?" preguntó Tibbles.

"Sí, me refiero a ti también. Te avisaré si necesitamos algo".

"Sí, señor anglómano, señor".

Todo esto es tan formal que me da escalofríos.

Sí. Parecen asustados.

Teddy dirige un barco hermético.

Tibbles da más miedo.

Anglófono debe de pagarles bien.

Ribby levantó la vista, dándose cuenta de que Teddy había estado hablando.

"...No tengas miedo de hacer sugerencias para el futuro, para que puedas hacer tuya la biblioteca".

"Teddy, antes de que digas nada más, quiero darte las gracias".

Teddy sonrió e hinchó el pecho.

"Tú, ángel mío, lo eres todo y más. Quiero darte lo que es mío. Todo lo que desees, te lo daré. Sólo tienes que pedírmelo".

Ribby se levantó y besó a Teddy en la parte superior de la cabeza. Ella le abrazó. Él la animó a sentarse sobre sus rodillas. Se besaron. Se miraron a los ojos.

¡Conseguid una habitación! ¡Los criados podrían volver en cualquier momento!

Teddy se levantó y puso las manos en las mejillas de Ribby. La miró fijamente a los ojos, y ella a los suyos. La llevó de la mano.

Totalmente vomitado.

Por el pasillo, hacia el corazón de la entrada, subiendo las escaleras.

¡Despierta, Rib! Es demasiado pronto para dejarse llevar.

No contesta.

Ribby, ¿me estás escuchando? Te ha hipnotizado o te está controlando. ¡Ribby! Escúchame. ¡Vuelve conmigo!

Angela intentó tomar el control. Apartar la mirada. Romper el vínculo era todo lo que tenía que hacer, pero era incapaz.

Gritó el nombre de Ribby una y otra vez.

Aún así, no hubo respuesta.

Capítulo 35

LOS TITULARES GRITABAN: "UNA casa de putas en medio de nosotros". Martha cogió el periódico de la puerta y lo tiró directamente a la basura.

Volvió a sacarlo y, en contra de su buen juicio, leyó el artículo. 'Martha Balustrade, de 62 años, regentaba un burdel cerca del centro de la ciudad. (Foto de la página 3)".

Martha hojeó la foto. Se quedó boquiabierta. Habían utilizado la foto de su boda. Se sintió traicionada. Una lágrima resbaló por su mejilla mientras rompía el papel en pedacitos.

Martha sintió cada centímetro de espacio vacío, como si su casa ya no fuera su hogar. Había descolgado el teléfono y se negaba a encender la televisión por miedo a lo que dijeran de ella. Deseó no haberse levantado nunca de la cama, pero necesitaba subir al desván.

Subió por la escalera. Muy atrás, en un rincón, enterrada bajo mantas, telarañas y parafernalia diversa, había una cómoda cerrada con candado que contenía documentos privados.

Martha empezó a sacar papeles de la cómoda uno a uno, deteniéndose de vez en cuando para leer. Ahí estaba. Abrió el libro y desplegó el documento que había dentro: La partida de nacimiento de Ribby. Cerró el libro y le dio la vuelta. Durante unos segundos miró la imagen del reverso. Volvió a doblar el documento, lo colocó de nuevo dentro del libro y lo añadió a la pila de "descartes".

Cuando cayó la noche, Martha bajó cargando con todo lo que pudo. Volvió a subir y se llenó los brazos, teniendo cuidado de mantener dos montones separados. Tras subir y bajar varias veces las escaleras, ya tenía todos los documentos con ella. Con un whisky o dos, pensaba leer más detenidamente la pila de "guardar". El otro montón lo destruiría.

Colocó el montón de los "descartados" en el sofá, cerca de la chimenea, y el de los "conservados" en el otro extremo.

Encima del montón de descarte estaba el libro que contenía el certificado de nacimiento de Ribby. Le echó un breve vistazo. En el espacio en blanco donde debería haber estado el nombre del padre de Ribby.

Martha se acercó a la chimenea y encendió los leños. Echó la partida de nacimiento de Ribby y luego abrió la chimenea. El viento sopló de inmediato haciendo que los papeles del sofá temblaran y se agitaran. Cogió el libro y lo arrojó al fuego. Observó cómo prendía, y luego arrojó el resto del montón de "desechos".

Cuando el lote hubo desaparecido, Martha observó el sol naciente que se elevaba sobre las colinas. El césped verde contrastaba con el rojo violáceo del amanecer. Sus ojos se desviaron hacia una pequeña sombra proyectada delante de la puerta. No veía a nadie y se preguntó qué sería.

Se acercó a la puerta y miró por la mirilla. Estaba segura de que era una botella de algo. ¿Leche? No, el lechero no había pasado por esta zona desde hacía una década o más. Al final, le pudo la curiosidad y abrió la puerta. Era una botella de vino espumoso, con una nota que decía: "Un brindis por ti, con todo mi amor".

Tenía que ser de John. Debió de pasarse por allí cuando ella estaba en el desván. Cogió el teléfono para darle las gracias, pero le saltó el contestador. Esta vez colgó sin dejar ningún mensaje.

Martha se sirvió un vaso y se tomó unos somníferos al mismo tiempo. Siguió con el vino y las pastillas hasta que ambas botellas estuvieron vacías. Luego volvió al Jack Daniels y se lo terminó.

Entró y salió del sueño.

Una chispa en la chimenea conectó con el borde de la pila de "guardar". Pronto ardió la pila. Luego el sofá.

Martha siguió durmiendo.

La Sra. Engel llamó a los bomberos.

Martha había tenido cuidado de mantener los montones separados. Al final, ambos acabaron en el mismo sitio.

Capítulo 36

TEDDY CONDUJO A ANGELA por el pasillo.

Ribby, ¿qué haces? Es demasiado pronto. ¿Estás dormida? ¡Despierta! ¡Despierta!

Teddy dejó de andar y abrió de golpe una puerta.

Eso no es lo que esperaba.

¡Ni yo tampoco!

¡Por fin has espabilado! Me tenías muy preocupada.

¿Por qué? ¿Qué ha pasado? ¿Qué me he perdido?

¿No oíste que te llamaba?

No, pero oía el océano.

Te habrá hecho algo.

No lo creo.

Avanzó a trompicones, esperando ver un lujoso tocador, cuando en realidad lo que tenía ante sí no era nada de eso. En su casa había creado una réplica exacta de la biblioteca.

"Es para ti", dijo Teddy, mientras besaba la mano de Ribby. Se quedó mirándola mientras lo asimilaba todo. "Éste es tu santuario, tu lugar especial, Angela, y nadie tendrá la llave excepto tú. Ven aquí para acallar tus pensamientos. Para escapar del mundo. De mí, si lo deseas. Ven aquí a escribir, a pintar, a lo que tu corazón desee. Ven aquí a menudo. Conoce todos los libros, léelos todos, pues yo ya los he leído todos, y tendremos mucho de qué hablar. Un día viajaremos y veremos todos los lugares sobre los que has leído en estos libros. Quiero enseñártelo todo".

Ribby se abalanzó sobre él y le besó. Nunca nadie había sido tan considerado, tan maravilloso, con ella.

Más despacio, Ribby. ¡Más despacio!

Le cogió la cara entre las manos y la besó apasionadamente.

A Ribby se le doblaron las rodillas.

Tibbles se aclaró la garganta. "Disculpe, señor".

¡Gracias a Dios por Tibbles! Ribby ha abandonado el edificio. Espabila, Rib.

"¿Qué pasa?" Dijo Teddy, dando un pisotón.

"Un asunto de gran importancia, señor". La voz de Tibbles temblaba. Mantenía la mirada baja hacia el suelo.

"Ahora no, Tibbles. Guárdalo bajo el sombrero, viejo, saldré enseguida", dijo Teddy, acariciando la espalda de Ribby.

"Pero Señor..."

"Muy bien, entonces", gritó Teddy mientras dejaba caer las manos a los lados y dejaba a Ribby solo.

Ribby se sintió acalorada, segura y feliz mientras miraba los libros de su propia biblioteca. Se pellizcó para comprobar que no estaba soñando.

No lo entiendo. ¿Por qué tener aquí una réplica exacta de la otra biblioteca?

Es muy considerado, ¿no crees?

Creo que significa que te quiere aquí, no allí.

Aquí no puedo ser Bibliotecaria Jefe. No hay clientes. Se estremeció.

Sí, nada de esto tiene sentido.

La otra biblioteca le daba buena espina. Parece que hace frío aquí.

Hay un termostato en la pared, ¿quizá hace más frío porque algunos de los libros son frágiles, quizá incluso antiguos? Mira aquella estantería de allí. Las encuadernaciones parecen auténticas. Un momento, acabo de darme cuenta... ¿es ésta la biblioteca del sueño?

Un golpe inesperado en la puerta la hizo dar un respingo. Se levantó y la abrió para encontrarse a Tibbles con una expresión grave en el rostro.

"Mi amo ha tenido que salir de casa por un asunto urgente. No volverá hasta mañana. Estamos a tu disposición". Hizo una pequeña reverencia.

"Por ahora estoy bien, gracias, Tibbles". Cerró la puerta y volvió a la lectura.

Capítulo 37

"¿Cuándo la viste por última vez?" ladró el anglómano mientras Stephen se alejaba de la mansión.

"El viernes. Estuve allí el viernes. Estaba angustiada, pero nunca pensé que haría esto". dijo Stephen, clavando los dedos en el volante.

"Es una mujer tonta", dijo Anglophone mientras su puño se estrellaba contra el reposabrazos.

Lo último que Stephen quería era hablar con él. Pero no tenía elección, ya que "Teddy" pagaba las facturas del hospital en el que estaba su madre. La madre de Stephen había cambiado para siempre un día en la biblioteca de Anglophone. Estuvo a punto de morir. Ahora era un cascarón de la madre que él había conocido.

Mientras conducía, Stephen recordó a su madre contándole cómo se entrelazó el futuro de Teddy y de ella. Aunque había entrado en casa de Anglophone siendo un bebé, Stephen nunca fue tratado como de la familia. Claro que tenía una bonita habitación con todo de color azul, pero un niño necesitaba más.

Stephen había sido un niño solitario. Un niño que anhelaba una figura paterna. Anglophone se cerró en banda a su hijastro. De hecho, salía de la habitación cada vez que entraba Stephen. Stephen se sentía como una espina clavada en el costado de aquel hombre y nada más.

Se enjugó una lágrima de la mejilla mientras conducía cada vez más cerca del hospital psiquiátrico. La enfermera Beemer le dijo que su madre se había tragado un frasco de pastillas. Cuando preguntó de dónde las había sacado, no estaban seguros. No importaba. Lo que importaba era que su madre estaba inconsciente. Le habían hecho un lavado de estómago. Su futuro era más incierto que nunca. ¿Viviría o moriría?

"Estúpida mujer", murmuró Anglophone. "Estúpida, estúpida mujer".

Después de que Stephen abriera la puerta a Anglófono, echó a correr hacia delante. Quería encontrar a su madre; necesitaba encontrarla inmediatamente. Podía oír al Viejo Pies de Plomo pavoneándose detrás de él. Nunca pudo entender cómo su madre pudo enamorarse de él. Pero ahora no era el momento.

Stephen se acercó a la enfermera. "¿Mi madre? ¿Dónde está? ¿Cómo está?"

"Está fuera de peligro, pero ha estado cerca, señor Franklin. Habitación 208. Al final del pasillo, a la izquierda". La enfermera soltó el timbre.

Stephen entró. Estaba decidido a hablar a solas con su madre. Echó a correr.

Anglophone le pisaba los talones.

Su madre yacía inconsciente, abrazada a la ropa de cama. De su pecho y sus brazos salían tubos y cables que conducían a una serie de máquinas.

Stephen la besó en la frente, se sentó y tomó su mano flácida entre las suyas. Las máquinas zumbaban y emitían pitidos.

"Parece que está bien", dijo Anglophone desde detrás del hombro izquierdo de Stephen.

"Ahora, levántate y deja la silla a un anciano. Y tráeme una taza de café", añadió, tendiéndole a Stephen unos billetes. "Y unas flores para tu madre, bonitas, en un jarrón".

Stephen hizo lo que le decían.

Una cosa que le hacía a un hombre estar rodeado de anglómanos todos los días durante tantos años era aprender a contener la lengua.

* * *

"ROSEMARY, ¿PUEDES OÍRME?" SUSURRÓ Teddy a la mujer de la cama. "Rosemary, soy Teddy".

No hubo ningún cambio ni movimiento por parte de la mujer. Teddy recordó el día en que se conocieron. Había estado tan vibrante, tan viva. Hacía sólo unas semanas, había celebrado su cumpleaños. Él le había enviado narcisos, sus favoritos.

Afortunadamente, Rosemary dijo que no recordaba casi nada del momento del accidente. La noticia de su muerte saltó a la red. Durante el caos mediático, Anglophone hizo que su amigo, el forense, enviara un coche para llevársela. Lejos, a este lugar, donde pudo curarse con el tiempo.

"Ahora no está realmente viva, así", murmuró Teddy para sí cuando se acercaron unos pasos. Stephen regresaba. Teddy aún no había hablado con su mujer. Porque sí, ya que no estaba muerta   Teddy seguía siendo un hombre casado. La mitad de todo lo que poseía pertenecía a la inconsciente mujer y a su heredera.

"¿Cómo está?" Stephen se arrodilló junto a la cama de su madre y volvió a cogerle la mano.

"Respira, pero no por decisión propia. Ya es hora de que hablemos de dejarla marchar en paz".

"Pero no puedes. Es mi madre y no te lo permitiré".

"Baja la voz. Tú, imbécil impertinente!" gritó Teddy.

Rosemary abrió los ojos. Abrió la boca.

"¡Está intentando hablar!" Las lágrimas corrían por las mejillas de Stephen. "Madre, estoy aquí, soy Stephen. Tu hijo Stephen. Si puedes oírme, apriétame la mano".

Él esperó, conteniendo la respiración, pero ella nunca le apretó la mano.

En cambio, apretó la mano de Teddy.

Capítulo 38

DE VUELTA A CASA, Ribby se sentía solo. Quería ir a la biblioteca, pero no tenía llave. Pensó en preguntar a Tibbles si tenía un ejemplar en alguna parte, pero decidió no hacerlo.

Ribby cogió el teléfono de la entrada y pensó llamar a Marta.

Tibbles apareció de la nada. "¿Puedo ayudarla, señorita?

"Sí. Me gustaría llamar a mi madre y parece que he extraviado el móvil".

"No se pueden hacer llamadas durante el periodo de instalación, señorita".

"Pero, ¿por qué?"

¿Estamos prisioneros?

"Sigo las instrucciones de mi amo. Ahora, si no hay nada más...".

"Pues sí que hay algo más. Me gustaría tener una llave de la Biblioteca que hay más adelante, para poder ir a echar otro vistazo".

"No hay ninguna llave para su uso, señorita. Puedes ir a dar un paseo o utilizar las instalaciones de la casa, como tu biblioteca personal. El balneario es relajante, si quieres que te enseñe dónde está".

"No, gracias. Esperaré a que vuelva Teddy, eh, el Sr. Anglófono".

"Venía a verte por el Sr. Anglófono. Le han retenido un día más. Tengo instrucciones para que se sienta como en casa. Avíseme si hay algo más, señorita".

"En ese caso, voy a dar un paseo. ¿A qué distancia está el pueblo más cercano?"

Tibbles se acercó a Ribby, se inclinó hacia él y le susurró. "Está demasiado lejos para ir andando, señorita, y me temo que el coche y el conductor están con el Sr. Anglófono. Explora la zona ajardinada y avísanos cuando quieras cenar". Se alejó.

"Gracias", murmuró Ribby. Se dio la vuelta y luchó contra el impulso de patear algo. En lugar de eso, salió por la puerta.

Echo de menos a mamá.

De todas formas, ¡estamos mejor sin esa bruja! Mira el lugar en el que vivimos, y si jugamos bien nuestras cartas, podemos hacer algo de nosotros mismos aquí. Aunque es un poco raro, Teddy te tiene mucho cariño. Sólo tienes que seguirle la corriente, hasta que averigüemos cuál es su juego.

¿Cómo que su juego? Quiere que sea su compañera. Es extremadamente dulce. Podría enamorarme de él. Si dejaras de hacer insinuaciones. ¿Por qué sospechas tanto?

Es una corazonada. Como si hubiera hecho este tipo de cosas antes.

Es tan dulce y tierno.

Se preocupa por ti. Aún así, después de lo que pasó antes de que te enseñara la réplica de la biblioteca, ya sabes, cuando estabas fuera de ella... Ponte en guardia. Domínalo. Haz que vaya despacio. Hazle esperar. Adivina.

Su tacto es bastante suave.

Después de explorar un rato, Ribby miró delante de ella, y no había nada más que agua. Detrás de ella, la casa de Teddy. Después, nada en kilómetros y kilómetros.

Había estado pensando en algunas ideas sobre cosas que le gustaría introducir en la biblioteca. Como un Club Infantil. Un lugar al que los niños pudieran ir los sábados por la mañana. A que les leyeran cuentos, a jugar. Sería un espacio seguro, donde los padres podrían tomarse un descanso. Sí, ¡ésa era su mejor idea! También quería hablar con Teddy para que reanudara sus actuaciones en el hospital local. Echaba de menos   a todos sus hijos y se preguntaba cómo les iría. Su vida había cambiado mucho y se sentía algo abrumada por ello.

Es sólo el principio, pensó Ribby mientras el vaho de las olas le besaba la cara.

Un coche entró en el bulevar y pasó a toda velocidad junto a ella.

Me pregunto quién será.

Era una mujer.

Sí. Visitando a Tibbles cuando su jefe está fuera. Interesante.

Puede que no sea nada. Si trama algo, Teddy querría saberlo.

Sería divertido averiguarlo.

¡Vámonos!

Capítulo 39

S E HABÍA DESATADO EL infierno. Después de que la madre de Stephen hubiera apretado la mano de Teddy, él le había devuelto el apretón. Pensó que lo hacía discretamente hasta que la paciente dijo: "Teddy, para, maldita sea, ¡me haces daño!".

"Mamá, oh, mamá, estás despierta. Será mejor que venga alguien". Pulsó el botón del interfono. "¡Enfermera, enfermera, venga a la habitación 208! Por favor!" Stephen se secó las lágrimas y besó a su madre en ambas mejillas.

"Deja de babearme, muchacho", dijo la madre de Stephen, mirándolo de arriba abajo. "No sé quién eres. Teddy, dile que se vaya para que podamos estar solos. Llévatelo de aquí".

Su negación lo atravesó. "Pero, mamá, soy yo, Stephen, tu hijo". Le tocó la mano, dejó caer algo en ella. "Me diste este medallón de San Cristóbal. ¿Lo ves? Lleva tu nombre, mamá. Léelo".

Ella miró la joya y leyó en voz alta: "Para Stephen, con amor, de mamá". Hmmfff. No me acuerdo de ti. Sácalo de aquí, Teddy".

Stephen se marchó luchando contra las ganas de golpear con los puños las paredes del hospital.

Capítulo 40

R IBBY SUBIÓ CORRIENDO LOS escalones.

Abrió las puertas. Apareció el gran trasero de una mujer que llevaba una falda larga con estampado de girasoles. La prenda rozaba el suelo mientras caminaba detrás de Tibbles. Un gran sombrero flexible y una blusa jade de manga larga con puños vaporosos completaban su atuendo. Aunque iba detrás de Tibbles, parecía dirigir la conversación.

Vámonos de aquí. Parece más aburrida que Tibbles.

No, Teddy me dijo que me sintiera como en casa. Así que presentarme, por no hablar de comprobar y dar la bienvenida a los recién llegados, sería lo apropiado.

Ése es el trabajo de Tibbles.

Ribby decidió interrumpir; para atraer su atención, gritó: "¡Hola!".

Los dos se volvieron en su dirección, Tibbles con la mirada cruzada y la mujer con la boca abierta, ya que estaba a mitad de frase.

Ribby se apresuró a llegar hasta donde se encontraban boquiabiertos. Tendió la mano a la nueva invitada y dijo: "Me llamo Angela. ¿Y tú eres?"

La mujer cerró la boca y miró en dirección a Tibbles.

"Ah, la señorita Angela. Has vuelto", dijo Tibbles. "Confío en que hayas disfrutado del paseo". No esperó respuesta ni intentó presentar a las dos mujeres. "El almuerzo está servido en la Biblioteca. Tengo órdenes estrictas del Sr. Anglófono de atender a sus invitados. Disfrutad del almuerzo. Si necesitáis algo más, hacédnoslo saber".

Tibbles, con la mano en la espalda de la mujer, la condujo por el pasillo hasta su despacho. La puerta se cerró con un clic.

¡Hmpft! Es un mandón sabelotodo.

¿Por qué íbamos a querer pasar tiempo con ella? Parecía capaz de convertir en piedra a cualquiera. O matarlos de aburrimiento.

Probablemente tengas razón.

Veamos qué hay en el menú para comer.

Se dirigió a la biblioteca. Levantó la tapa de plata y encontró un bocadillo de langosta, cargado de mayonesa. Una botella de champán se estaba enfriando.

Ribby se zampó la comida, examinando los libros mientras comía. Un volumen le llamó la atención. "Hechicería a través de la Edad Media". Ribby lo cogió.

Vaya, ¿has sentido eso?

Claro que sí. Respiraba. Ribby pasó las páginas. Está lleno de Magia Negra. Hechizos y conjuros. Las páginas son muy frágiles. La mayoría de los dibujos están hechos a mano.

Creo que el papel está hecho de piel.

¿No de piel humana?

No puedo decir con certeza que sí, pero es posible. La tinta de las páginas podría ser sangre.

¿Sangre humana? Ewwww.

Creo que deberías devolverlo.

He visto muchos libros antiguos, pero ninguno como éste. Hace que me tiemblen las manos. Además, sólo es un libro. ¿Qué daño puede hacer?

Me da escalofríos.

Capítulo 41

"ESTOY AQUÍ PARA TI, querida Rose", susurró Teddy, cogiéndole la mano.

"Déjate de tonterías", dijo Rosemary. "Mi muchacho está fuera del alcance del oído".

Teddy se rió. "Ah, me alegro de tenerte de vuelta. Continúa, por favor".

"Lo primero es lo primero, Teddy", dijo Rosemary. Se inclinó más hacia él. "Quiero salir de aquí, hoy, mañana pronto. Cumplí tus deseos, por el bien de nuestro hijo. Dejé que me drogaran, que me anestesiaran que me hicieran de todo, excepto una lobotomía para que mi hijo estuviera bien y a salvo, y ahora ha llegado el momento. Stephen ya es un hombre y necesita saber quién es su padre y por qué nunca se lo dijimos".

"Rose, nuestro acuerdo es que nuestro hijo reciba el cincuenta por ciento de todo. Con una condición. La condición es que nunca se entere de que soy su padre biológico", dijo Teddy. Su voz terminó con una aspereza casi parecida a un ladrido. "Después del incidente en la biblioteca aceptaste marcharte.

A dejarme seguir con mi vida, en paz, siempre que tu hijo, nuestro hijo, estuviera bien cuidado. Yo he cumplido mi parte del trato y tú... no tienes más remedio que cumplir la tuya. De lo contrario, mi oferta será rescindida. Está en mi testamento. Si se entera, no recibirá nada. NADA!"

Dijo una enfermera que pasaba por fuera de la habitación. "Shhhhhhhh".

"Lo siento", dijo Teddy.

Rosemary susurró: "Estuve de acuerdo, pero no puedo vivir aquí, en este hospital... en esta prisión. Estar vigilada veinticuatro horas al día   como un animal enjaulado. Quiero que nuestro hijo tenga lo que se merece, pero me mata cada vez que le digo que no sé quién es. A una madre le duele ver a su hijo sufriendo".

Anglophone le tendió su pañuelo.

Continuó: "Es la única forma que tengo de hablar contigo a solas. Seguir con esta treta ya me cansa. Quiero una vida propia. Si no, entiérreme aquí y ahora para que no tenga que venir más a verme. No lo soporto. No soporto seguir viviendo así". Rosemary levantó las manos para cubrirse la cara.

"Así que por eso te tragaste esas píldoras, ¡para librar al mundo de ti misma! Lástima que no tuvieras éxito. Lástima".

"Sí, es una pena. Me habría alegrado no volver a verte".

El anglómano se puso en pie. "Ahora me voy y te dejo con ello". Dio la espalda a su antigua esposa y amante y se dirigió hacia la puerta.

"Si te vas ahora, se lo diré. Se lo diré".

"¿Y hacer que lo pierda todo?" Volvió junto a su cama. "No se lo dirás. Ya has sacrificado demasiado". Vaciló, golpeándose la barbilla con un dedo huesudo. "Le pediré a la enfermera que te saque a pasear todos los días, para que te dé el aire, si eso te ayuda. Y libros. Puedo enviarte libros. Haz una lista. Mi biblioteca es tu biblioteca".

"Gracias, Teddy. Gracias a ti. Sí, envíame las últimas novelas. Revistas. Cotilleos. Incluso periódicos. Aquí no nos dejan ver las noticias... Ni siquiera sé en qué año estamos".

"Estamos en 2016. Aquí te mantendremos encadenada, pero te aflojaremos el collar. Ocúpate de que no montes otra escena con un intento de suicidio. Yo cumpliré mi parte del trato si tú cumples la tuya. Por ahora, buenas noches, mi Rosa. No volveré. Me encargaré de conseguirte todo lo que necesites si envías una carta a Tibbles marcada como confidencial".

"Gracias, Teddy. Gracias", pronunció Rosemary. Las puertas batientes eructaron la salida de Teddy e instantes después el regreso de Stephen.

"¿Estás bien, madre?" preguntó Stephen, acercándose a su cama.

"Me encuentro algo mejor. Siento haberte asustado como lo hice. Por supuesto, te conozco. Eres Stephen, hijo mío".

"Si no me conocieras, nunca más, yo...".

"Calla ya. Fue un lapsus inducido por las drogas. Aún me estoy recuperando".

"Sí. ¿Ves las cosas de otra manera a la luz del día?"

"Sí, Stephen, así es, y voy a esforzarme más por recuperarme para poder salir de aquí. Voy a empezar a leer de nuevo. Quizá incluso vuelva a escribir. Un día me dejarán salir de aquí. Podrás enseñarme tu vida".

"Para ponerte mejor, madre, tienes que hablar de lo que pasó. Hace tantos años. En la biblioteca".

"Stephen. Stephen. Stephen. Stephen", Rosemary siguió diciendo su nombre una y otra vez. Stephen la sacudió, pero ya no estaba.

A STEPHEN LE RESULTÓ difícil concentrarse después.

En su mente, su madre repetía su nombre. Stephen. Stephen. Stephen. Ahora siempre la oía decirlo. Todas las noches. Todos los días.

Ella pronunciando su nombre y sin saber nunca que él intentaba responder.

Capítulo 42

R IBBY SE SENTÓ CON *las piernas cruzadas en el suelo de la biblioteca. Otro libro le llamó la atención: Todo lo que siempre quisiste saber sobre la magia negra (pero temías preguntar). Se rió del título y del tipo con silueta que aparecía en la contraportada.*

Menudo bobo.

Me pregunto qué hace el anglómano con estos libros tan raros.

Dijo que ésta era mi biblioteca.

Sí, eso también es raro. Por qué los pondría en tu biblioteca.

Hay muchos libros aquí, no es que pudiera saber cuáles destacarían, cuáles me harían querer mirar dentro.

Te atrajeron esos dos, inmediatamente. Casi como si estuvieran iluminados.

Ah, estás dando demasiada importancia a esto. Sólo escucha:

Tú también puedes convertirte en un experto en Hexing. Sólo tienes que perseverar. Primero, elige un sujeto sobre el que desees colocar un Hex. Nota: los maleficios son cosas negativas. No pongas un maleficio sobre alguien a quien amas (a menos que se trate de una relación de amor/odio o que te divierta ver sufrir a alguien que te importa).

Una vez elegido el sujeto, empieza a recoger sus objetos personales. El pelo de un peine, de un cepillo o de una almohada. Las uñas de las manos. Las uñas de los pies. (Nota: ¡las desechadas, por favor!) Anillos. Relojes. No seas obvio al respecto. Recuerda esconderlos en un lugar seguro.

Nota especial: Practica delante de un espejo cómo responderás cuando te pregunten: "¿Has visto mi reloj?". Sobre todo si no sabes mentir muy bien. Ten siempre preparada una respuesta. Una coartada. Prepárate para lanzar acusaciones.

Ribby intentó servir otra copa de champán: la botella estaba vacía.

Introdujo el dedo índice en la página donde lo había dejado. La casa estaba en silencio, casi demasiado para su gusto. Subió las escaleras como una niña traviesa y se metió en la cama completamente vestida.

Qué ligereza.

✳ ✳ ✳

"DESPIERTA, RIBBY. SOY STEPHEN. Despierta".

Ribby se cubrió, esperando encontrar a Stephen, pero no estaba allí.

Era un sueño. Lástima.

La cabeza le latía con fuerza. El sudor le corría por la frente y caía sobre la cubierta del libro. Con las piernas tambaleantes, lo llevó por el pasillo hasta el cuarto de baño. La mancha ya se había fijado. Utilizó una toallita para secarla.

Sacó el secador y se centró en la zona húmeda. Volvió a su habitación y puso el libro encima de la mesilla de noche para que se secara.

Ahora que ya no tenía nada en lo que concentrarse, las náuseas aumentaron y la hicieron balancearse de un lado a otro. Respiró hondo, intentando luchar contra la necesidad de tener arcadas, pero no lo consiguió. Corrió por el pasillo, llegando justo a tiempo. Se sintió un poco mejor cuando se enjuagó la boca y se cepilló los dientes.

Como aún le latía la cabeza, volvió a su habitación. Volvió a meterse en la cama y se tapó con las sábanas.

Capítulo 43

COMO NO PODÍA DORMIR en la suite del motel, Anglophone se obsesionó con Angela. Tenía mucho que hacer, y el tiempo corría en su contra. En primer lugar, tenía que anunciarla al mundo, como su nueva bibliotecaria y como su futura esposa. Ella ya estaba bajo su hechizo, era fácil de obligar y su necesidad de ella crecía día a día.

Llevaba años buscando una compañera adecuada: un ángel de la tierra. Su Angela encajaba a la perfección. Su abnegación con los niños del hospital, su ingenuidad ante los hombres. Por no hablar de que, sin lugar a dudas, era virgen a los treinta y cinco años. Algo prácticamente inaudito en esta época. Una candidata perfecta para estudiar para su nuevo libro. Y sin embargo, después de casarse, después... se preguntó si ella resultaría ser igual que todas las demás.

Encendió la televisión y se pasó el resto de la noche viendo reposiciones de Sobrenatural.

Capítulo 44

A LA MAÑANA SIGUIENTE, el busca de Stephen zumbó. El Sr. Anglófono le estaba llamando. Stephen ignoró un pitido, pero luego llegaron dos pitidos largos y finalmente tres pitidos más. Sabía por experiencia que hacer esperar a Anglófono era desaconsejable.

"Beeeeeeeeeeeeeeeeeeeeeeeeeeeeeeeeep". El Sr. Anglófono estaba perdiendo la paciencia.

Stephen gimió. No podía permitirse perder su trabajo con todo lo demás.

"Oh, de acuerdo", gritó Stephen mientras cerraba la puerta del motel tras de sí. Dobló la esquina y encontró a Anglophone esperándole junto a la limusina.

"Señor, siento haberle hecho esperar, señor", dijo Stephen.

"Date prisa, no podía dormir en este maldito motel y quiero llegar a casa para dormir en mi propia cama. Vamos. No podemos hacer nada más por tu madre".

Stephen abrió la puerta a Anglophone. Esperó a que se abrochara el cinturón y volvió al asiento del conductor. Arrancó el coche y se alejó. Miró a Anglophone por el retrovisor. "He llamado al hospital hace un momento, mamá parece estar mejorando. Dicen que ha dormido bien y que ha desayunado".

"Está recibiendo los mejores cuidados", dijo Teddy.

"Gracias por..."

"De nada, Stephen".

Capítulo 45

Pasaron semanas que pronto se convirtieron en meses.

Anglophone estaba fuera la mayor parte del tiempo. Cuando él y Ribby estaban juntos, ella pedía cosas, cosas que pensaba que harían su existencia más satisfactoria.

"Me gustaría aprender a conducir", pedía durante la cena.

Anglophone se secaba la comisura de los labios con una servilleta. "Pero ya tienes un chófer a tu disposición".

"Está fuera contigo la mayor parte del tiempo", hacía ella un mohín.

No se lo pidas, díselo. Dile que nos aburrimos mucho. Di que...

"Déjame pensarlo", respondía él. Nunca lo hacía.

Durante el día, Ribby pasaba la mayor parte del tiempo en la biblioteca. Cambiaba las cosas de sitio, las reorganizaba. Pero era un lugar tranquilo y solitario. Algo de estar allí la hacía sentirse aún más sola. Era demasiado silencioso y añoraba los relajantes sonidos de la fuente de Toronto.

Ribby no dijo nada más sobre aprender a conducir. La próxima vez que volviera, ella tenía otras peticiones en mente.

"Me gustaría encargar algunas cosas, para la biblioteca. Me refiero a la biblioteca principal", pedía.

"Lo que tu corazón desee", respondería Anglophone.

"Compraré un ordenador, un portátil...".

"No hace falta. Puedes utilizar el ordenador del despacho de Tibbles". Dio un sorbo a su café. "¡TIBBLES!" Llegó su criado. "Deja que la Srta. Angela utilice el ordenador de tu despacho siempre que desee pedir cosas para las bibliotecas".

"Sí, señor", respondió Tibbles. Miró a Ribby, hizo una reverencia y se marchó.

Al día siguiente, Ribby pidió utilizar el ordenador y la condujeron al despacho de Tibbles. Éste permaneció detrás de ella todo el tiempo y a ella le resultaba difícil concentrarse, por no hablar de pedir algo. Al final, renunció a la idea.

En otra ocasión, durante la cena: "Me gustaría reservar el coche para que me lleve al hospital Simcoe y así poder visitar a los niños enfermos".

"Es un hospital muy pequeño, nada que ver con lo que estás acostumbrada. Además, tienes la biblioteca, y tus responsabilidades aumentarán cuando nos preparemos para la reapertura", respondió Anglophone.

De todos modos, no quería ir allí.

Triste cuando estaba fuera y triste cuando volvía. Su nueva vida no era todo lo que parecía.

Capítulo 46

TIBBLES ESTABA ESPERANDO FUERA en esta ocasión cuando Anglophone regresó.

Cuando Stephen se marchó, Anglophone intentó retirarse completamente vestido.

"Estoy hasta arriba, Tibbles".

"Desde luego que sí, pero ¿por qué?"

"Oh, las cosas van mejor. Te lo contaré más tarde".

Tibbles insistió en quitarle la ropa a su amo. La sustituyó por el pijama de satén rojo favorito de Anglophone.

Una vez que su amo se acomodó bajo las sábanas, Tibbles puso en marcha la caja de música. Un coro de Canción de cuna y Buenas noches salió del aparato.

Con cinco vientos bastará, pensó.

Tibbles recogió la ropa de Anglophone y salió de la habitación. Miró su reloj. A petición de su amo, una nueva chica empezaba dentro de unas horas. Volvió a su habitación.

Capítulo 47

RIBBY BOSTEZÓ Y SE estiró. Sobre ella, en el techo, unas figuras fantasmales caminaban en círculos interminables. Los observó con curiosidad.

Aquí te sientes como en casa, relajada, pero debes mantener la guardia alta. Ten cuidado, porque Teddy no es el Príncipe Azul. Es más bien el abuelo Encantador.

Es grosero y estás paranoica.

Ribby se olisqueó las axilas y se metió en la ducha. Vestida y secándose el pelo, Ribby volvió a pensar en Martha.

¿Cómo puedes echar de menos a esa vieja?

Pase lo que pase, sigue siendo mi madre.

¡Eres demasiado confiada! Y a veces eres un tonto sentimental.

Siento que debería llamarla. Ella estaba segura de que las cosas iban a salir mal.

Sabe dónde estás; si te necesita, te llamará.

Ribby volvió a la habitación y miró por la ventana. Vio a Stephen junto a la limusina.

Un golpe en la puerta interrumpió sus pensamientos. "¿Quién es?"

"¿Desea desayunar en su habitación esta mañana, señorita?".

"¿Sigue fuera el Sr. Anglófono?"

"Ha vuelto, pero está indispuesto. Ya que vas a cenar sola, ¿prefieres comer en el jardín?".

Ribby abrió la puerta y se encontró con una joven de rostro amable. "Es una idea estupenda. Eres nueva, ¿verdad? ¿Cómo te llamas?"

"Sí, así es. Soy A-Abbey, señorita. Me llamo Abbey".

"Bueno, Abbey, me alegro de conocerte", hizo una pausa Ribby al oír que alguien se acercaba. Era Tibbles.

"¿Puedo ayudarla?"

"No, gracias. Abbey lo tiene todo bajo control".

Tibbles miró en dirección a Abbey y la muchacha se estremeció. Luego se despidió con una reverencia y desapareció por la esquina.

"Es mi primer día. Gracias, señorita".

"¿Por qué?" preguntó Ribby con una sonrisa. "Como las dos somos bastante nuevas por aquí   podemos aprender juntas", mientras invitaba a la chica a entrar en su habitación.

"Voy a prepararlo todo, señorita. ¿En quince minutos?" Abbey hizo una reverencia. Sus ojos sonrieron cuando Ribby volvió a hablar.

"Sí, iré enseguida -dijo Ribby, cerrando la puerta tras de sí. Invitó a Abbey a sentarse con ella.

Ella es la ayuda, Rib, no seas absurda.

"Pero, señorita, no puedo", dijo la muchacha, moviendo los ojos de un lado a otro como si esperara que Tibbles apareciera en cualquier momento.

"¿Ni aunque fuera una orden?" dijo Ribby con un guiño.

¿Estás intentando que despidan a esta chica?

"Señorita, estaría mal. Tibbles es mi superior", susurró ella.

"Lo comprendo. Lo que Tibbles no sepa no le hará daño, ¿verdad? Mañana, trae el desayuno a mi habitación si el Sr. Anglófono no cena".

"Será un placer -dijo Abbey aliviada-.

No le pides a la ayuda que coma contigo. Tonta. Yo tampoco soporto a Tibbles, pero es la mano derecha de Anglophone.

Me da igual.

Lo único que digo es que a Teddy querido no le va a gustar.

Cruzaré ese puente cuando llegue a él.

Capítulo 48

T RAS UNAS HORAS DE sueño, Anglophone convocó a Tibbles.

"¡Una fiesta! Esta noche. Aquí. Hoy. Servicio de catering. Aquí está la lista de invitados. Diles que deben asistir... es decir, todos los que sean alguien. Envía las invitaciones por mensajero o entrégalas en mano inmediatamente. Mi chófer está a tu servicio. Llama a estos diez invitados principales. Deben asistir. ¿Entendido?"

"Sí, así se hará. Entonces, ¿has decidido que ella es la elegida?"

"He estado esperando a que llegara el momento oportuno, y esta noche es la noche. Lo siento en los huesos. Ha llegado el momento de informar a todo el mundo de la reapertura de la Biblioteca. Al mismo tiempo, presentaremos a nuestra nueva Bibliotecaria Jefe, mi prometida".

"Y a la señorita Angela, ¿le informo de tus planes?".

"Está al corriente de mi intención de anunciar su nuevo cargo y nuestros esponsales".

Tibbles mulló la almohada y la volvió a colocar detrás de la cabeza de Anglophone.

"Quiero sorprenderla con todo ello. Di al equipo de moda que esté aquí a las cinco de la tarde, ni antes ni después. La fiesta empezará a las 8 en punto. A los que lleguen tarde no se les permitirá la entrada. Asegúrate de que entienden que PROMPT significa PROMPT", dijo Teddy. "Por ahora, estoy demasiado acelerado pero necesito descansar. Por favor, déjame hasta las tres. A esa hora, prepara un Afternoon Tea para la Srta. Angela y para mí en el jardín".

"Sí, señor", dijo Tibbles con una reverencia. "¿Quieres que le dé cuerda a la caja de música, para ayudarte a volver a dormir?".

"Por supuesto, por supuesto, Tibbles. Gracias. Con tres vueltas bastará; al fin y al cabo, sólo es una siesta".

Después de dar cuerda a la caja de música, Tibbles salió de la habitación. Murmuró para sí mientras comprobaba si había polvo en la barandilla al bajar las escaleras.

No había nada.

Tibbles se sentó en el vestíbulo y repasó los detalles de la fiesta. Ya había contratado el servicio de catering. Todo estaba en orden.

ALGÚN TIEMPO DESPUÉS, ANGLÓFONO intentaba dormir. Sonó su línea privada. Esperó a que sonara el contestador automático. Cuando no lo hizo, se levantó de la cama para contestar.

"Hola, Teddy", dijo Martha. "Sé que dijiste que sólo te llamara por esta línea si era una emergencia".

"Te escucho".

"Necesito tu ayuda".

"¿En qué sentido?" preguntó Teddy.

"Estoy en la cárcel, acusado de asesinar a mi hermana y al hombre que la violó. Juro que yo no lo hice. Lo juro".

"Lo comprendo, pero no sé cómo puedo ayudarte. ¿Necesitas que contrate a un abogado?". Anglófono se paseaba. Le había fastidiado la siesta.

"Te llamo porque voy a caer por esto. Me declaro culpable y mi abogado dice que el juez no tardará en condenarme".

"¿Qué tiene que ver tu situación conmigo? Soy un hombre ocupado".

"Hace 34 años recogiste a una joven. Estaba empapada. Se había quedado tirada en la carretera a altas horas de la noche".

"No, no tengo por costumbre recoger pasajeros en mi limusina".

"Tú conducías. No te acuerdas. Pero lo recuerdo. Era yo. Tú me recogiste y juntos, nosotros... Tú eres el padre de Ribby".

Anglophone cayó de espaldas sobre la cama, incrédulo. Se devanó los sesos intentando recordar. Era un truco. Sabía que era un truco. "¿Qué tipo de coche conducía?"

"Era un Mercedes Benz. Gris".

Era cierto.

"Aquella noche me salvaste la vida en más de un sentido. Debes creerme. Necesito saber que cuidarás de ella. Es tu hija. ¿Lo harás por mí? ¿Y me prometes que nunca le dirás que estoy aquí?".

"No sé qué decir. Me he quedado sin palabras". Se paseó. "¿Por qué admitir algo que no has hecho? ¿Por qué impedir que tu propia hija te visite?"

"Es todo lo que te pido".

"Déjamelo a mí. Déjame pensarlo. Si es mi hija...".

"Lo es. Sin duda". Hizo una pausa. "Y gracias".

Anglophone colgó el teléfono de golpe.

Esa zorra impertinente. ¿Cómo se atreve a hacerme esto?

Teddy no podía dormir. La cabeza le latía con fuerza. Era propenso a las migrañas en ciertas épocas del año y las noticias de Martha le habían provocado un mareo.

Llamó a Tibbles.

Tibbles se dio cuenta inmediatamente del estado de su amo. "Ya está", dijo, "todo mejorará en unas horas". Le ofreció un trago de whisky y un somnífero. Anglophone se lo bebió de un trago y le devolvió el vaso a su criado.

Cuando Anglophone estuvo tranquilo y sosegado, Tibbles dio cuerda a la caja de música y ordenó la habitación.

"¿Algo más, señor?

Anglophone ya estaba profundamente dormido.

Tibbles sonrió y cerró la puerta tras de sí.

*T*IBBLES REVISÓ DOS VECES *la lista de tareas de su fiesta mientras pensaba en su nueva empleada, Abbey. Antes se fijó en las dos jóvenes que cuchicheaban. Eso podía ser bueno o malo. Sabía que no era popular y, sin embargo, su dedicación a Anglophone no tenía límites.*

Abbey había llegado, con grandes recomendaciones de una casa de la ciudad. Una chica local que esperaba que vigilara a la Srta. Angela.

Cuando la encontró en el jardín, sintió curiosidad y se agitó. "Señorita Ángela, ¿cómo se te ocurrió desayunar hoy en el jardín?".

"Fue idea mía", admitió Abbey interrumpiéndole. "Hace una mañana preciosa".

Tibbles la miró mal y siguió dirigiéndose a Ribby. "El té de la tarde también será en el jardín. El Sr. Anglófono quería que fuera una sorpresa, así que, por favor, hazte el sorprendido. Se unirá a vosotros".

"Oh, perdóname. No se puede cenar fuera lo suficiente cuando hace buen tiempo como hoy", dijo Ribby guiñándole un ojo a Abbey.

"Muy bien entonces", dijo Tibbles mientras se excusaba.

"¡Uf! Ha estado cerca", dijo Abbey secándose la frente.

"No te preocupes, Abbey; puedo encargarme del querido Tibbles. Sigue dándome ideas. Hablaré bien de ti al Sr. Anglófono".

"Gracias, señora", dijo ella, incapaz de ocultar la emoción en su voz.

"Nada de eso de señorita o señora Abbey, no cuando estamos solos. Al fin y al cabo, somos amigas".

"Amigas", dijeron las dos chicas al unísono.

Amordázame con una cuchara.

Capítulo 49

ANGLOPHONE SE DESPERTÓ DE su siesta e invocó a Tibbles.

En un día normal, Anglophone tiraba del cordón de invocación una vez. Si se trataba de una emergencia, tiraba de la cuerda dos veces. Hoy ha tirado tres veces.

Tibbles tropezó con sus propios pies al lanzarse por el pasillo. Deseaba poder volar. En sus brazos llevaba todos sus planes y confirmaciones para la fiesta de la temporada. Todo era perfecto. Había conseguido más de lo que se había propuesto. Estaba confirmada la asistencia de todos los miembros de la alta sociedad. Estaba impaciente por informarle de los detalles.

Tibbles llamó a la puerta y asomó la cabeza. Anglophone seguía en la cama. Tenía las sábanas subidas hasta el cuello y lucía una tez blanca como la leche.

"Tibbles, no me encuentro bien, nada bien. La cabeza me da vueltas y me temo que..."

"Perdone, señor", le interrumpió Tibbles, "¿podría darle más pastillas?".

"No, no, Tibbles. Éste no es el tipo de dolor de cabeza que va a desaparecer pronto. Estaré de baja el resto del día. Quiero estar solo. En la oscuridad".

"Pero esta noche, señor", protestó Tibbles. "La fiesta".

"Cancélala".

"Pero..."

"¡HE DICHO QUE LA CANCELES!"

"Muy bien, señor", dijo Tibbles, conteniendo la rabia en la garganta mientras salía de la habitación. Cerró la puerta y se marchó.

Tibbles llamó a Viveca Hartman, de La Voz Local. Le pidió ayuda para correr la voz.

"Haré todo lo que pueda para ayudar", dijo la Sra. Hartman.

"Gracias", respondió Tibbles.

Capítulo 50

VIVECA TERMINÓ SU LLAMADA con el notorio sirviente de Theodore P. Anglophone, Tibbles. Se apresuró a ir al despacho del editor de la ciudad, Frank Munson, y le contó las últimas noticias.

"Así que quieres decírmelo", dijo el corpulento Munson, mientras fumaba su cigarro. "¿Se ha cancelado el acto de última hora de Anglophone?".

"Anglophone está enfermo".

"Le he visto por la ciudad y está sano como un caballo. Se dice que se lo está montando con una joven que trajo de la ciudad. Está viviendo en su casa. Sólo Dios sabe lo que se trae entre manos el anglómano -dijo Munson, luego echó una bocanada de humo y lo vio ondear.

"Bueno, tendremos que esperar para averiguarlo. Y cuando lo vuelvan a programar, me aseguraré de entrar y darte una primicia. Puede que investigue a la chica. Me pregunto si conocerá la historia de Anglophone".

"Nadie pudo inculparle del último asesinato, pero estaba bajo sospecha. Si no fuera por su dinero, pagando a todo el mundo, le habrían acusado. Al fin y al cabo, la mujer fue asesinada en sus instalaciones. Los dos eran los únicos que tenían llaves de la biblioteca. También parecía muy culpable. A mí, por mi parte, me gustaría que se destapara este caso y que se hiciera justicia a la mujer".

"Mi padre creía que Anglophone ocultaba algo, sin duda. Probablemente nunca se sabrá la verdad", dijo Viveca con remordimiento. "Esta chica nueva que está con él, no me gusta".

"¡Pobre chica!" dijo Munson, incapaz de ocultar por más tiempo su excitación ante esta nueva información. "Entremos ahí y veamos qué podemos averiguar. Oye, ¿por qué no empiezas a dar una vuelta por allí, a ver si la localizas? Averigua la situación. ¿Puedes hacerlo, Hartman?"

"Haré lo que pueda. Quiero pasar desapercibida", dijo Viveca con convicción.

"Si alguien puede averiguar qué está pasando, eres tú", dijo Munson mientras apagaba la parte encendida del puro.

"¿Tu mujer sigue racionándolos?" preguntó Viveca con una sonrisa burlona.

"Sí, pero lo que no sabe no le hace daño".

"De acuerdo". Viveca se dirigió a la salida.

Munson volvió a guardar el puro parcialmente fumado en su envoltorio de celofán. "Ah, e infórmame de esto una vez al día   intentemos atrapar a este hijo de puta".

"Sí, señor", Viveca cerró la puerta tras de sí.

Se sentía increíblemente feliz por su conversación con Munson, porque él tenía mucha fe en su capacidad. Había llegado sin mucha experiencia, pero con contactos y un fuerte deseo de ser reportera. Se había abierto camino desde la corrección de pruebas hasta la página social, pero quería más.

¡Esta es mi oportunidad y no voy a desaprovecharla!

Viveca, que vivía sola en un edificio de apartamentos de dos plantas en Port Dover, se subió a su coche y condujo hasta su casa. Subió las escaleras pensando en lo contenta que estaba de vivir sola. Había planeado pasar una noche tranquila.

Fue inesperado para ella llegar a casa y encontrarse a su padre esperándola. Su padre vivía en Brantford, a cuarenta y cinco minutos.

"Hola, papá", dijo Viveca.

"Viv, me alegro de verte. Esperaba que pudiéramos cenar esta noche", dijo Frank Hartman. Desde detrás de su espalda, mostró un gran ramo de flores. "Pensé que alegrarían tu mesa".

"Esta noche habas con tostadas, papá", dijo Viveca. Él se levantó y ella le besó en la parte superior de la calva.

"Eso sí que es una comida gourmet". Frank también se rió y se apartó para que su hija pudiera pasar a abrir la puerta principal. "¿Sabes, Viv? Si le dieras a tu querido y viejo papá una copia de tu llave, podría prepararnos algo gourmet y darte una sorpresa. Huevos revueltos con tostadas".

Se rieron, felices de estar en compañía del otro.

"Pero, papá -se burló Viveca-, ¿y si tuviera una cita? Te sentirías fatal por entrometerte y yo me sentiría muy culpable".

"Ah, si tuvieras una cita, me alegraría de que salieras. Estoy orgullosa de ti, Viv, pero creo que te están desperdiciando en esa página de sociedad. Te mereces más".

"Lo sé, lo sé, papá", dijo Viveca, mientras metía las alubias cocidas en un plato de microondas y ponía el temporizador a dos minutos. Metió dos rebanadas de pan en la tostadora y bajó la palanca. "Dos minutos para la cena. Cabernet Sauvignon, ¿vale? ¿O prefieres Chardonnay?". Cuando pasaron los dos minutos, removió las judías y las volvió a meter en el microondas otros treinta segundos.

"Una botella de cerveza me sentaría bien". Frank abrió una lata de cerveza para él. "Cerveza fría y alubias con tostadas y salsa HP aparte: ¡no hay nada más gourmet que eso!

Viveca untó las tostadas con mantequilla y luego vertió las alubias cocidas sobre las rebanadas. Era un plato británico, el favorito de su madre. Ella y su padre lo compartían a menudo. Sin mencionar su nombre, era como si su madre estuviera sentada a la mesa con ellos.

Frank sacó los cubiertos del cajón y se sentaron a comer.

"¿Qué hay de nuevo en ti?", preguntó.

"No mucho, aparte del trabajo. Estoy con una nueva historia. ¿Y tú, papá? ¿Qué hay de nuevo en tu vida?

"Mi vida sigue igual, igual, pero esa nueva historia suena interesante. Cuéntame más".

"Odio hablar de negocios contigo, papá. Seguro que tienes algo interesante que contarme. ¿Qué ocurre en tu jardín? ¿Te sigue persiguiendo por el barrio la vieja señora Warner?".

Frank dejó el cuchillo y el tenedor a un lado del plato. Bebió unos tragos de cerveza.

"Perdona, ahora te he avergonzado". Viveca echó más vino en su vaso y bebió un sorbo. "De acuerdo, hablaremos de mí. Del trabajo. Mi historia es sobre Theodore Anglophone".

"¿Qué se trae entre manos esta vez?".

"Es curioso que digas eso. ¿Sigues viéndole muy a menudo, papá?"

"Últimamente no. Está bastante recluido desde el incidente de la biblioteca. Va a la ciudad, donde no es tan conocido. He oído que tiene a otra joven viviendo con él, Viv. ¿Es cierto?" Bebió otro trago de cerveza, con los ojos fijos en el rostro de Viv.

"Es cierto, y mi jefe me ha pedido que averigüe sobre ella".

Frank tragó saliva, casi ahogándose. "Bueno, no quieres a Anglophone como enemigo, no en esta ciudad, Viv. Así que ve con cuidado. Recuerda que puedes cazar más moscas con miel que con vinagre. Un viejo dicho, pero totalmente cierto". Tosió para aclarar sus pensamientos y luego tomó otro bocado de comida.

"Lo sé, papá. Yo tampoco quiero arriesgar esta oportunidad. Como dijiste, necesito salir de la página social y dedicarme a otra cosa, algo más desafiante. Algo más YO". Movió la comida alrededor de su plato, con los pensamientos perdidos en la perspectiva de una nueva historia que podría cambiar su vida.

"Ayudaré en todo lo que pueda. Pero siempre he pensado que la muerte de esa mujer en la biblioteca fue una negligencia por parte de Anglophone. Tuvo que haber un encubrimiento. No tiene sentido que alguien robara en una biblioteca y la atara. Quizá hicimos mal a esa mujer dejándole decir lo que dijo de ella. Nunca me sentí bien al respecto, a pesar de que Anglophone y yo somos conocidos desde hace años. No ha sido él mismo desde entonces   corriendo a buscar mujeres, trayéndolas de vuelta. Sacándolas, haciéndolas desfilar como caballos de espectáculo. Es francamente vergonzoso -dijo, aspirando como si un mal olor le hubiera invadido las fosas nasales.

"Lo sé, papá. Gracias por el consejo. Ahora estoy cansado y quiero irme a la cama. ¿Te quedas a dormir?"

"Después de dos cervezas, seguro que no me gustaría conducir".

"Pues a la habitación de invitados. Deja los platos".

"Deberías comprarte un lavavajillas".

"¡Ya tengo uno! Buenas noches, papá", dijo Viveca, mientras besaba a su padre en la mejilla.

"Buenas noches, amor".

Capítulo 51

CUANDO VOLVÍA A SU habitación después del desayuno, sonó el teléfono en el pasillo y Ribby lo cogió.

"¿Stephen?" Pausa de voz de mujer. "¿Stephen?"

Ribby abrió la boca, pero antes de que pudiera decir nada Tibbles le arrebató el teléfono de la mano.

"¿Diga?" Tibbles esperó. "Aquí la residencia anglófona". Había alguien allí. Podía oír su respiración. "Srta. Angela, no debe contestar al teléfono en esta casa. Usted es una, una, residente, y nosotros somos el personal. Por favor, permítanos hacer nuestro trabajo".

"Perdona, Tibbles".

Tibbles acunó el teléfono en la mano. "¿Ha dicho algo la persona que está al otro lado?".

"Nada", dijo Ribby mientras se alejaba.

"Si desea compañía, señorita, Abbey está a su disposición".

"No, gracias. Deseo caminar sola".

Cuando ella se hubo ido, Tibbles volvió a acercarse el teléfono a la oreja. Respiración superficial. "¿Rosemary?"

"Sí."

"Te dije que no llamaras aquí".

"Lo sé, pero estoy desesperada. Tengo que salir de este lugar dejado de la mano de Dios. Me estoy volviendo loca".

Tibbles se paseó, hablando lo más bajo que pudo. "Simplemente debes pedirle que te ayude".

"Lo hice, y se ofreció a enviarme algunos libros. No necesito libros para distraerme, necesito salir de aquí. Podría irme al extranjero. Nadie me conocería".

"No puedo ayudarte. Tengo que irme". Hizo un gesto para que colgara el teléfono.

"¡Espera!" exclamó Rosemary.

Volvió a acercarse el teléfono a la oreja. "Ya sabes, lo que me hizo".

Tibbles vaciló. "Tengo que irme. No vuelvas a llamar aquí". Colgó.

Tibbles fue a la ventana delantera y miró hacia fuera. Ribby estaba sentado en una silla en el porche. Entró en la cocina.

¿Crees que deberíamos contarle a Stephen lo de la llamada?

No estoy seguro.

Quizá a la persona que llama tampoco le guste Tibbles.

Puede que tengas razón.

Ribby señaló en dirección a la limusina. Al acercarse, pudo ver a Stephen dormido al volante con la gorra de chófer tapándole los ojos.

Ribby se asomó por la ventanilla abierta.

Si hay que despertarlo, al menos hazlo con un beso. Nadie se enteraría.

Se aclaró la garganta. ¿Has perdido la cabeza?

Pero fíjate en esos labios. "Despierta, despierta", dijo Angela cuando Stephen se removió y se quitó el sombrero de la cara.

Stephen hizo una doble toma.

"Hace un momento, una mujer ha preguntado por ti al teléfono".

"¿Ah, sí?"

"Tibbles me lo quitó de la mano. Entonces debió de colgar".

Stephen agarró el volante.

"Sólo dijo tu nombre".

"¿Le dijiste que preguntó por mí?"

"No."

"Gracias por decírmelo". Su brazo rozó el codo de Ribby. "Oh, perdona".

"No pasa nada". Hizo una pausa y se inclinó hacia ella, con la curiosidad por delante: "Entonces, ¿sabes quién era?".

"Sí, señorita. Era mi madre".

Capítulo 52

L A VERSIÓN SEVERA Y rígida del sentido arácnido de Tibbles hormigueaba. Estaba seguro de que Angela había mentido, pero ¿por qué? Se acercó a una ventana de la habitación delantera mientras Ángela se alejaba. Siguió observándola. Se detuvo a charlar con Stephen. Era interesante. ¿Cuándo se habían hecho amigos? ¿O lo habían hecho?

Entonces se dio cuenta de lo que estaba pasando. Cuando la Srta. Angela contestó al teléfono, Rosemary había hablado. De hecho, había pronunciado el nombre de Stephen y ahora la señorita Angela estaba ahí fuera transmitiendo este mensaje. Aún más interesante.

Tibbles pensó que lo mejor era mantener ocupado al muchacho. Decidió asignar una tarea a Stephen.

El anglófono había sido muy claro. No debía ser molestado. Le pondría al corriente a su debido tiempo. Un elogio o incluso una recompensa monetaria podrían venirle bien.

Tibbles continuó por la casa y encontró a Abbey trabajando duro para quitar el polvo. Le rogó que saliera a hacer compañía a la señorita Angela durante su paseo.

"Si salió sola, señor Tibbles, probablemente la señorita Angela quiera estar sola".

"¿Te ha ordenado que no la acompañes?" Tibbles la instó a que dejara el trapo de limpiar el polvo y se quitara el delantal.

"No, señor", dijo Abbey. Arrastró los pies mientras avanzaba.

Tibbles gritó: "Levanta los pies, niña tonta".

La condujo hasta la puerta principal y salió por ella.

"Sí, señor Tibbles", dijo Abbey.

Al no poder ver a Angela, preguntó a Stephen dónde estaba.

Stephen señaló. "Aunque creo que quería pasar un rato a solas".

"Eso le dije al Sr. Tibbles   insistió".

Stephen se rió.

✳ ✳ ✳

STEPHEN VIO ALEJARSE A Abbey pensando en Tibbles. No me extraña que el personal de la casa tuviera tanta rotación. Otros no eran como él. Otros no le debían todo a Anglophone. Sin Anglophone nunca podría permitirse mantener a su madre en un centro de cuidados tan caro.

Su mirada siguió a Abbey mientras se acercaba a Angela, que ahora miraba hacia el agua. Cuando se acercó al borde, un instinto protector le hizo temer que se cayera.

Sonó su teléfono. Una llamada de Tibbles. Se dirigió al interior.

"Stephen, necesito que recojas algunas cosas", dijo Tibbles, colocándose sobre Stephen para imponer su autoridad. "El Sr. Anglófono está indispuesto. Aquí está la lista".

Tibbles se la entregó. Stephen echó un vistazo a la nota antes de guardársela en el bolsillo de la chaqueta.

"Te dará algo que hacer, ya que estás desocupado".

"No hay problema, Sr. Tibbles". Stephen salió. Recogería las cosas y volvería enseguida, después de ver cómo estaba su madre.

Capítulo 53

AL DÍA SIGUIENTE, VIVECA decidió aventurarse en la zona anglófona. Tomaría la ruta panorámica a lo largo del paseo marítimo. Abrió la ventanilla y se puso las gafas de sol. El sol estaba alto y había pocas nubes. Había flores silvestres esparcidas por la carretera, moradas, amarillas y azules.

El trayecto era bastante agradable, con poco tráfico. Al doblar la esquina hacia el lugar con la vista más espectacular, se fijó en una joven a la que no había visto nunca.

Debía de ser ella. Redujo la velocidad.

Una segunda chica se reunió con la primera. Más joven. Las dos se abrazaron y caminaron por el sendero.

Viveca se detuvo y aparcó el coche bajo un arce muy frondoso. Caminó cierta distancia con sus zapatos de tacón alto, acortando la distancia que la separaba de las dos mujeres. Cuando estuvo lo bastante cerca como para que la oyeran, gritó: "¡Ay!" y bajó.

No la habían oído. Volvió a intentarlo. "¡AYUDA!"

Las dos chicas se giraron y se dirigieron hacia ella. Metió la mano en el bolso y pulsó grabar. Vale, niña, ahí vienen, así que será mejor que lo hagas bien. Se frotó el tobillo con una mano para subir la sangre a la superficie y se quitó las lágrimas de cocodrilo con la otra.

"¿Necesitas una ambulancia?" preguntó Ribby.

"Qué torpe soy", dijo Viveca. Intentó levantarse. "Creo que me he torcido el tobillo. Tenía visiones de estar atrapada aquí fuera toda la noche con los coyotes aullando a mi alrededor hasta que os vi a vosotros dos".

"Qué imaginación", dijo Ribby mientras se agachaba para echar un vistazo.

Abbey hizo lo mismo. Parecía un poco roja.

"Me llamo Viveca, Viveca Hartman, por cierto". Extendió la mano.

"Yo soy Abbey, y ella es Angela. Encantada de conocerte".

Una gaviota revoloteó alrededor de la cabeza de Viveca, molestándola con un graznido. La espantó.

"¿Puedo? preguntó Abbey.

Viveca asintió.

Abbey se agachó y la masajeó durante unos segundos. "Ya está, ¿te sientes mejor?

"Sí, gracias", dijo Viveca.

"¿Dónde está tu coche?" preguntó Ribby.

"Lo he aparcado allí, a la sombra". Abbey ayudó a Viveca a levantarse. Cuando estuvo de pie, dijo: "Soy periodista y estoy haciendo un reportaje sobre las

Maravillas Naturales. He oído que la vista desde aquí arriba es espectacular".

"Lo es", dijo Ribby. "La próxima vez deberías llevar un calzado más apropiado".

Sí, como tú cuando volviste andando desde la biblioteca.

Cállate.

Ayudaron a Viveca a subir a su coche.

"Ha sido un placer conocerte y muchas gracias por ayudar a esta damisela en apuros. Oh, aquí tienes mi tarjeta de visita por si alguna vez quieres ponerte en contacto".

"Gracias. ¿Seguro que puedes conducir?". preguntó Abbey.

"Sí, gracias. Ya que está cerca, me preguntaba si sabíais algo de la biblioteca. He oído que podría volver a abrir".

"No, no sabemos nada", dijo Ribby.

"Bueno, lleva años cerrada. En circunstancias sospechosas. Hace que te preguntes por el nuevo Bibliotecario".

"¿Qué estás insinuando?" preguntó Ribby.

"Sólo me pregunto si ella, quiero decir, la nueva Bibliotecaria...".

"¿Qué te hace pensar que la nueva Bibliotecaria es una mujer?" preguntó Ribby.

"Oh, rumores. Me gustaría hablar con ella. Quizá incluso hacerle una entrevista para el periódico".

"Lo siento, no podemos ayudarte. Tenemos que volver ya. Buena suerte con tu artículo".

"Espero que tu tobillo mejore pronto", añadió Abbey.

"Ah, sí, gracias por tu ayuda. Espero volver a verte alguna vez".

Una vez Viveca estuvo en su coche, Abbey y Ribby se alejaron.

"Muy extraño", dijo Ribby, mirando hacia atrás por encima del hombro.

"Yo no le daría más vueltas", respondió Abbey.

"Lo sé", dijo Ribby con el ceño fruncido. "Siento como si ya supiera quién soy. Como si estuviera de pesca".

"Tienes razón, pero ya se ha ido. Además, seguro que Tibbles está ansioso por verme. No creo que esperara que estuviera fuera de casa tanto tiempo".

"Oh, quería que me siguieras. Eres su pequeña espía", dijo Ribby mientras rodeaba el hombro de Abbey con el brazo.

"Nunca lo haría", dijo ella, horrorizada ante la sugerencia.

"Claro, pero él no sabe que somos amigos".

"Bueno, yo desde luego no le hablaré de ese periodista".

"Le diré al Sr. Anglófono que la conocimos aquí. No es asunto de Tibbles".

Rodearon el camino que conducía a la fachada de la mansión y entraron.

Capítulo 54

STEPHEN LLEGÓ AL HOSPITAL y pidió ver a su madre. Su petición fue denegada. Se puso nervioso y montó un escándalo.

Dos empleados corpulentos y fornidos le levantaron del suelo por detrás y le sacaron del local.

"Llama a mi jefe, el Sr. Theodore Anglophone. Llámale".

"Claro, lo haremos", dijo el más pequeño de los dos hombres mientras el cuerpo de Stephen aterrizaba con un golpe seco en el asfalto.

Sus neumáticos chirriaron al alejarse del hospital. Lo había pisoteado todo el camino de vuelta a la finca. No le importaba cuántas piedras rebotaran contra el coche por el camino.

V IVECA GOLPEÓ EL VOLANTE con las manos. Su plan no había salido bien. Esperaba no haber echado todo a perder.

Tengo que avisar a esa chica, así que tendré que hablar con papá y ver si puede ayudarme a meter el pie en la puerta, pensó Viveca. Si sigo así, nunca me ascenderán.

Programó el teléfono para que cualquier llamada pasara automáticamente al altavoz. Acercó el asiento al salir del aparcamiento bajo el árbol. Cuando llevaba casi todo el camino recorrido, sonó el teléfono y abrió la línea.

Una limusina negra cruzó la línea central e invadió su carril.

El conductor de la limusina abrió los ojos y giró el volante al mismo tiempo que ella. Los dos coches pasaron a escasos centímetros el uno del otro.

"¡Vaya! ¡Cuidado! Maldito loco!" gritó Viveca.

"Espero que no estés hablando conmigo", dijo Munson.

"Eh, no, jefe, era el chófer de Anglophone. Casi me mata".

"¿Qué le pasa?"

"Ni idea, pero me alegro de que vayamos en direcciones opuestas".

"Entonces, ¿la encontraste?"

"Sí, la encontré".

"¿Y?"

"Hice un poco de teatro. Fingí que me había torcido el tobillo".

"Vaya. ¿Se lo creyó?"

"Parecía lo bastante convincente".

"¿Y cómo era ella?"

"Se llama Angela. Parecía simpática, aunque ingenua".

"¿No es una trepa social? ¿O una lugareña?"

"No, en absoluto. Es diferente. Supongo que rondará los treinta y tantos, tranquila y de voz suave. Espero no haberla presionado demasiado y haberla apagado".

"Maldita sea, Viveca, tu formación en páginas sociales debería enseñarte a manejar situaciones peliagudas. Espero que no lo hayas estropeado y, si lo has hecho, ARRÉGLALO".

"Claro, jefe", dijo ella mientras él se desconectaba. Se dirigió a casa.

D E VUELTA A LA casa, Stephen decidió entrar directamente y confesarse con Anglophone. Si daba la cara y admitía su indiscreción, Anglophone sería comprensivo. Anglophone tenía debilidad por su madre. Le ayudaría a solucionarlo.

Por otra parte, si mencionaba la llamada telefónica, delataría a la Srta. Angela, que había acudido a él y le había hablado de la llamada.

Así que no puedo mencionar la llamada. Tendré que decirle que tuve la corazonada de que mamá estaba en peligro. El instinto de un hijo. Tuve que ir a verla allí mismo. Seguro que Anglophone podrá perdonarme.

Stephen entró. No había nadie. Volvió a su puesto.

Capítulo 55

ANGLOPHONE SE DESPERTÓ Y llamó a gritos a Tibbles.

Tibbles estaba en la cocina, interrogando a Abbey. Los continuos toques de campana de Anglophone desviaron su atención.

Tibbles apuntó con el dedo a la cara de Abbey. "¡No hemos terminado! ¡No te muevas! Es una orden!"

Cuando llegó a la puerta de Anglophone, algo duro se estrelló dentro. Tibbles empujó la puerta y qué espectáculo vio.

Un Anglophone más impaciente de lo habitual había arrancado del techo el aparato del campanero. Allí estaba sentado, con la cara roja entre el yeso y los escombros.

"Lo siento, señor", dijo Tibbles.

Anglófono lo fulminó con la mirada y gritó. "Claro que lo sientes, Tibbles. Siempre lo sientes, pero eso no viene al caso. Ahora dime por qué el hospital me llamó a mi número privado para quejarse de uno de mis empleados". Hizo una pausa para que surtiera efecto y cuando no hubo reacción por parte de Tibbles.

"YO, YO..."

"Stephen montó un buen jaleo".

"YO, YO..."

"Tú, Tibbles, ¿qué tienes que decir en tu defensa? ¿Por qué mandas a mi personal a pasear en mi tiempo libre? ¿O es que mi chófer se fue de mis instalaciones por voluntad propia? Explícate, hombre".

"Yo, necesitábamos algunas cosas para la casa. Tú estabas indispuesto. Stephen estaba desocupado. Tenía instrucciones específicas. No tenía ni idea de que abusaría de mi confianza". Hizo una pausa. La transpiración le goteaba por la frente. "Tu confianza. Es un impertinente...."

"¡Eso es lo que es, pero tú, Tibbles, eres un tonto torpe! Ahora reprende a Stephen. Ponle a trabajar cortando hierba durante los próximos quince días y consígueme otro conductor para sustituirle. Y un recorte salarial. Tendrá cincuenta dólares menos de sueldo, y como cómplice suyo, tú también. Consigue a alguien que arregle esto... y no olvides los somníferos. Ahora vete antes de que llegue a cien".

ALGÚN TIEMPO DESPUÉS, RIBBY estaba profundamente dormida en el suelo de la biblioteca de la casa, con los libros abiertos enmarcando su figura.

Los somníferos que Anglophone había pedido a Tibbles que le pusiera en el té habían sido eficaces. Sólo necesitaba unos minutos para tomar una muestra mientras arreglaban su habitación y entonces sabría si Angela era su hija.

El anglófono se quedó de pie junto a ella, mirándola, deseándola tanto que le dolía. No podía ser el padre de esta chica. Era imposible. La mera idea de que pudiera sentirse atraído por su propia sangre...

Mientras la contemplaba, le vino un recuerdo de Martha. Ella había dicho la verdad. Ya se conocían. ¿Por qué, hasta que ella lo mencionó, él no la había recordado? Los recuerdos eran así a medida que uno envejecía, iban y venían sin ton ni son.

Acarició el pelo de Ribby, pensativo. Siguió tocándole el dorso de la mano, mientras le subía la manga de la blusa.

El vial estaba esperando, y la aguja estaba lista.

Despierta, Ribby. Despierta. El viejo cabrón está. Está....

"Querida Angela", susurró Anglophone mientras le clavaba la punta de la aguja en la vena. La sangre fluyó hacia el frasco. Miró la herida y se inclinó sobre ella, lamiendo la llaga abierta con la lengua. La sangre sabía dulce, como Ángela. Sintió que se le ponían rígidos los pantalones y supo que tenía que salir de allí. Odiaba verla tan incómoda en el suelo toda la noche.

Recogió la muestra y puso etiquetas en el frasco. Cogió su teléfono, que estaba sobre la mesa.

Tibbles se quedó delante de la puerta mientras Anglophone salía. "El vehículo que pediste está esperando instrucciones".

"Un momento", Anglophone aseguró las muestras en la bolsa refrigerante. Se las entregó a Tibbles. "Dile al conductor que vaya directamente al laboratorio. Ya he informado a mi contacto en el laboratorio de que esto es de alta prioridad. Espero una respuesta inmediata". Hizo una pausa. "Cuando termines, llévala a su habitación. Ah, y", le dio a Tibbles su teléfono. "Guárdalo en un lugar seguro hasta que te diga lo contrario".

Tibbles asintió: "Lo he estado escondiendo, de vez en cuando, como me pediste, pero esto lo hará más permanente". Luego se dirigió a la parte delantera de la casa.

Anglófono volvió a su habitación. Tenía hambre, pero el té de la tarde en el jardín lo solucionaría.

Mientras tanto, no tendría un momento de paz hasta que supiera con certeza si estaba enamorado de su propia hija.

Capítulo 56

CANSADO DE ESPERAR A que cayera el hacha, Stephen cerró de golpe la puerta del coche y, tras coger la bolsa de cosas que había comprado para Tibbles, entró furioso. Se detuvo a medio camino cuando se encontró con Tibbles.

Tibbles bramó: "¡Ahí estás, imbécil! Entra en mi despacho, ¡AHORA!"

"Ahora no, fanfarrón, apártate de mi camino. Necesito ver a Anglophone".

Tibbles levantó la mano para abofetear la cara de Stephen.

Stephen bloqueó el golpe y los dos hombres se miraron a los ojos. Stephen agarró la mano de Tibbles durante unos segundos y luego la soltó.

Los dos hombres estaban frente a frente, con las narices casi tocándose, luchando por ver quién cedía antes.

"Lo siento, Tibbles", dijo Stephen.

"Debería decirlo. Disculpa aceptada. Ahora entra en mi despacho y espérame. Primero tengo asuntos que atender, luego podremos solucionar esto".

Tibbles salió de la casa. Se asomó a la ventanilla abierta del coche que le esperaba, transmitiendo las instrucciones de Anglophone. El coche se alejó a toda velocidad. Tibbles volvió a su despacho.

"Siéntate, Stephen, por favor. Tibbles se paseó durante unos segundos antes de hablar. "El Sr. Anglophone está muy agitado. En primer lugar, está enfadado conmigo porque te he dejado pasear en su tiempo libre. En segundo lugar, está enfadado contigo porque el hospital se ha quejado de la escena que has montado. ¿En qué demonios estabas pensando?

"Tenía la sensación de que mamá no se encontraba bien. Tenía que comprobarlo. Para ver si estaba bien".

"Mentira, todo mentira", dijo Tibbles en voz baja. "Sé que la señorita Angela te habló de la llamada telefónica. ¿Te atreves a negarlo?"

Stephen se miró los pies.

"¡Tu comportamiento lo dice todo! Así que, cuando te pedí que fueras a buscar unas cosas, pretendías abusar de mi confianza".

"Lo siento, Tibbles. Lo siento, pero tenía que ir".

"Pues bien, el Sr. Anglófono te ha suspendido durante dos semanas. Como deposité mi confianza en ti, también me ha descontado la paga. Además, serás un cuerpo de perro por aquí   cortando el césped, haciendo cualquier tarea que se te asigne. Necesito contratar a otro conductor. Con un poco de suerte, el nuevo no será tan impertinente como tú".

"Siento que te hayan descontado la paga. No me parece justo. Puedo hablar con él al respecto".

"No lo harás".

"Retenme la paga, pero, por favor, no me dejes sin vehículo. Déjame ir a hablar con él. Le pediré perdón".

"El Sr. Anglófono dice que no desea hablar contigo en quince días. Si le ves, sigue trabajando. Muéstrale tu dedicación. Muéstrale remordimientos. Tenemos suerte de que no nos haya despedido. Con el tiempo las cosas volverán a su estado normal".

Tibbles descolgó el teléfono e ignoró la presencia de Stephen.

Stephen, sin saber qué hacer ahora, hundió la cabeza entre las manos. Tibbles no paraba de hablar por teléfono. Abatido, se levantó y salió del despacho. Salió al exterior con los puños apretados en los bolsillos.

Vagó durante horas, contemplando las vistas y sopesando las cosas en su mente.

Tenía que averiguar cómo sacar a su madre de aquel lugar.

Tenía que encontrar la forma de independizarse de Anglophone.

Tenía que tomar las riendas de su vida. Si pudiera averiguar cómo.

Capítulo 57

R IBBY ABRIÓ LOS OJOS. *Al principio, no sabía dónde estaba. Lo último que recordaba era estar leyendo en la biblioteca.*

Intentó incorporarse, pero le dolía la cabeza y la habitación le daba vueltas. Se abrazó a sí misma y se dio cuenta de que tenía un moratón morado en el brazo. Intentó recordar alguna ocasión en la que pudiera haberse producido el hematoma. No lo consiguió.

Ángela tampoco recordaba nada. Había algo que la molestaba. Un recuerdo débil, inalcanzable.

¿Cómo pudo ocurrir?

Probablemente se tropezó con algo. No sería la primera vez.

Es cierto, puedo ser un torpe.

No te preocupes por eso. Tienes peces más importantes que freír.

Ribby olió la aludida fritura de pescado y corrió por el pasillo hasta el cuarto de baño para ponerse malo. Se lavó la cara y bebió unos sorbos de agua.

¿Ya estás mejor?

Creo que sí, gracias.

De todas formas, ¿dónde está Teddy? Es casi como si estuviera perdiendo interés. Le tenías en la palma de la mano.

Es un hombre ocupado.

Ribby se aseó y se cepilló los dientes.

Además, no ha estado bien.

Algo seguía atormentando a Angela. Algo que estuvo a punto de recordar, pero luego se le escapó.

Pero es un hombre y debes mantener su interés. Flirtea un poco. Añade un poco de atractivo sexual. Mantenlo expectante y esperanzado. Eso sí, no te estoy sugiriendo que vayas hasta el final pronto. Juega con él.

No tengo mucha experiencia en el departamento de hombres.

Creo que en el fondo es un viejo cachondo.

Quiere a alguien que esté a su lado. Alguien con quien pueda contar.

Podría elegir con todo ese dinero. Así que no la cagues chaval   o si lo haces, ¡¡¡haz que cuente!!!

Qué asco das.

"Señorita Angela, señorita Angela", llamó Abbey mientras golpeaba la puerta.

"El señor Anglophone te espera en el jardín".

"Pasa, Abbey. No me apetece tomar el té de la tarde".

"Debes hacerlo".

Ribby se sentó en la cama sujetándose la cabeza con las manos.

"Por favor, dile al Sr. Anglófono que se reúna conmigo dentro de una hora".

"Como quieras, señorita Angela".

"Cuando hayas terminado, vuelve y ayúdame a prepararme".

"Por supuesto, Srta. Angela. Enseguida vuelvo".

Unos instantes después, Abbey regresó a la habitación de Ribby.

"Espero que el señor Anglófono no se haya enfadado conmigo", dijo Ribby.

"No, señorita Angela. Comprende que tardemos más en ponernos presentables", dijo ella riendo. "Ahora siéntate aquí y deja que te ayude". Abbey parloteó, mientras Ribby se dejaba mimar. "Voilà", dijo.

"Gracias, Abbey".

"¡Estás estupenda!" dijo Abbey mientras avanzaban por el pasillo y salían al jardín.

Ribby vio a Teddy con la cara oculta tras un periódico. Se sentó tranquilamente a su lado. No la había oído. Ella sonrió.

Tibbles se acercó a la mesa y anunció: "Buenas tardes, señorita Angela".

A Teddy casi se le cae el periódico cuando se levantó. "¿Cuánto tiempo llevas ahí sentada?".

"En realidad, sólo unos instantes. ¿Me has echado de menos?" susurró Ribby, tomando su mano entre las suyas.

Anglophone apartó la mano y dijo: "Estaba muy, muy enferma".

A Ribby le ardió la tez.

¿Qué?

"Pero pensaba en ti, a menudo".

"¿Y qué pensabas de mí?".

"Pensé en ti y en la biblioteca".

"Exacto, y tengo algunas ideas que quiero discutir contigo".

"¿Dónde se ha metido Tibbles? TIBBLES!"

volvió Tibbles. Abbey le siguió. Llevaban bandejas llenas de comida y bebida. El plato de Anglófono pronto se llenó de comida, mientras Ribby elegía una taza de té fuerte.

"He estado pensando", dijo Ribby, removiendo su té. "Me gustaría leer a los niños y actuar para ellos en la biblioteca. Me gustaría hacer planes para un Día de los Niños".

"¿Y en qué consistiría?

"Los autores podrían hacer lecturas de libros".

"Hmmm, interesante, interesante", dijo Teddy.

"Además, me gustaría que donáramos libros a los hospitales".

"Sí, me gustan esas ideas, Ángel mío, habrá que pensarlo y organizarlo. Por ahora, deberíamos concentrarnos en la biblioteca. Una vez que estemos en marcha, quizá dentro de un año o dos, podrás poner en práctica esas otras ideas. Ve despacio, Angela. Recuerda que esto no es una gran ciudad. Aquí hablamos de una clase diferente de gente".

"Las familias están en todas partes".

"Entiendo lo que quieres decir", dijo Teddy, palmeando la mano de Ribby como si fuera un niño al que tuviera que suplicar.

"Disculpe", dijo un hombre con una gorra en la mano desde la entrada.

"¿Sí? Ah, ya veo, eres el nuevo chófer".

Tibbles entró chasqueando los talones. "Te dije que me esperaras en la cocina".

Mis disculpas -dijo el hombre nuevo mientras inclinaba la gorra primero hacia Anglófono y luego hacia Tibbles. Se retiró de la habitación.

"¿Está enfermo Stephen?"

"No. No lo está". Teddy tomó un bocado de quiche. "Abusó de mi confianza. Estará en la perrera los próximos quince días".

"Siento oír eso". Tomó un sorbo de té. "Me gustaría llamar a mi madre, y parece que he extraviado el móvil".

"Por supuesto. Utiliza el teléfono de la entrada. Mientras tanto, miraremos a ver si encontramos tu teléfono".

Ribby estaba tan contenta que se levantó, dejando caer la servilleta al suelo, y corrió hacia Teddy. Voló hacia él, llena de pasión, le rodeó el cuello con los brazos y le besó en los labios. Abrió los ojos. Él le devolvía la mirada. Estaba frío como una piedra.

La apartó y se levantó. Tenía la cara roja.

Ribby salió corriendo de la habitación y subió las escaleras. Se tiró en la cama y lloró hasta quedarse dormida.

¿Llamas a eso sexy?

Capítulo 58

CUANDO RIBBY SE DESPERTÓ a la mañana siguiente, abrió las puertas del balcón. Se estiró y bostezó. La luz del sol le calentó la piel y sintió un fuerte deseo de estar más cerca de la orilla. Se vistió, se duchó, se puso el sombrero, se pellizcó las mejillas y salió de la mansión.

En el camino, vio a Stephen. Estaba de espaldas a ella, pero pudo oír el ruido de las tijeras de podar. Estaba podando los rosales.

"Stephen", dijo Ribby.

Enderezó la espalda y levantó la mano para protegerse los ojos de los rayos del sol.

"Me preguntaba si podrías llevarme a algún sitio".

No respondió. En lugar de eso, se dio la vuelta y reanudó sus tareas de jardinería. Esperó a que ella se alejara, siguió recortando y recortando. Al cabo de un momento o dos, dijo: "¿Por qué yo? Pregúntale al viejo. No puedo ayudarte. Ni siquiera puedo ayudarme a mí mismo".

"Pero no tengo a nadie, Stephen". Ella le tocó el hombro. "Quiero irme a casa".

Él se volvió bruscamente hacia ella, casi haciéndola perder el equilibrio. "No puedo ayudarte. Maldita sea. Me gustaría, de verdad, me gustaría, pero... Hay otras personas que dependen de mí. No puedo ayudarte. Ahora vete".

Ribby dio un paso atrás, luchando contra las ganas de llorar. "Sólo pensaba... Siento haberte molestado".

Stephen la dejó marchar. Dejó que se alejara cada vez más antes de gritar. Ribby le ignoró. Corrió tras ella.

"Mira, lo siento. Sus ojos se encontraron con los de ella. "Es que me han degradado, y de verdad que odio la jardinería".

Ribby observó sus facciones suavizadas.

Miró nervioso hacia la casa cuando un coche pasó a toda velocidad junto a ellos. El conductor se apeó y corrió escaleras arriba, donde Tibbles le abrió la puerta. Unos instantes después, el coche pasó a toda velocidad junto a ellos al salir.

Ribby se acercó a Stephen.

Stephen se acercó a Ribby.

Se encontraron en algún punto intermedio.

Capítulo 59

TIBBLES ENTREGÓ EL SOBRE a Anglófono y luego volvió a sus tareas.

Anglophone estaba en la ventana, mirando a su hija y a su hijo, ahora confirmados, mientras se hacían ojitos. Podía sentir la química que había entre ellos desde su habitación. Se rió al verlos susurrar e intercambiar miradas.

Tocó el timbre y Tibbles volvió en cuestión de segundos.

"Tibbles -dijo Teddy-, hoy me voy a la ciudad. Tengo algunas cosas que atender allí. Avisa al chófer   volveré mañana.

"Mientras tanto, vigila a Stephen y a la señorita Angela por mí. Fíjate en lo que hacen, pero que no sepan que los estás vigilando". Se tocó la nariz con el dedo índice. "Discreción, mi querido Tibbles, discreción".

"Por supuesto, señor anglómano". Tibbles salió de la habitación haciendo una reverencia.

Capítulo 60

"¿En qué puedo ayudarte?" dijo Stephen, alejando a Ribby del camino principal. "Como he dicho, ni siquiera puedo ayudarme a mí mismo. Tengo responsabilidades".

Tibbles se fijó en ellos mientras el anglófono se preparaba para partir.

"¿Tiene algo que ver con tu madre?"

"No puedo decírtelo. Cuanto menos sepas, mejor. ¿Por qué quieres irte? ¿Te ha hecho algo?"

"Ni siquiera sé qué hago aquí", dijo Ribby. "Es decir, ¿por qué yo?".

La limusina se alejó a toda velocidad.

"Me pregunto adónde irá".

"Tiene un nuevo chófer".

"Lo sé, pero sólo es temporal", dijo Stephen. "Si necesitas escapar, hazlo ahora".

"¿Cómo voy a hacerlo? No tengo coche".

Ribby, te está entrando el pánico. Cálmate.

"Seguro que conoces a alguien aquí arriba que podría ayudarte".

"Ayer conocí a una periodista, Viveca Algo".

"Sí, llámala. Pregúntale".

"¿Y si no viene?"

"Confía en mí, vendrá", dijo Stephen.

"¿Cómo lo sabes? ¿Por qué iba a preocuparse por mí?

"¿No te hizo un montón de preguntas sobre Anglophone?"

"La verdad es que no", dijo Ribby. "Dijo que estaba escribiendo una historia sobre maravillas naturales".

"Puede que pienses eso, pero créeme, tú eres la historia. Además de los periodistas, puedes estar seguro de que la policía también está vigilando la situación".

"No lo entiendo. ¿Por qué?"

"Lo único que puedo decirte, señorita, es que la llames. Deja que el periodista te lo explique. Pero no digas nada de mí, ya tengo bastantes problemas. Y por el amor de Dios, no llames desde casa. Necesitas un móvil, o mejor aún, ¿puedes fiarte de Abbey? Quiero decir, ¿confiar de verdad en Abbey?"

"Tenía un móvil, pero lo perdí. En cuanto a Abbey, sí, creo que sí", dijo Ribby. "Estoy bastante seguro de que podría confiarle mi vida".

"Entonces utilízala. Haz que vaya a llamar al periodista. Te dejaría hacer lo mío, pero Tibbles probablemente lo tenga pinchado. Hazlo hoy, señorita".

"Gracias", dijo Ribby mientras le tocaba la mano.

"Vale, nos vemos entonces", dijo Stephen. Miró hacia la ventana, notó que las cortinas se movían. Tibbles. Volvió a podar las rosas.

Qué culo más mono.

¿Nunca piensas en otra cosa?

Stephen se dio la vuelta, miró a Ribby y volvió de nuevo al trabajo.

Ribby buscó a Abbey.

Cuando casi chocaron en el pasillo principal, Abbey dijo: "Tibbles dijo que tenía que encontrarte, INMEDIATAMENTE. No sé a qué viene tanto alboroto. Sólo porque el Sr. Anglófono está fuera un día o dos".

"Sí, acabo de ver su coche".

"Voy a ser su sombra".

Ribby y Abbey salieron por la puerta y siguieron andando. Cuando estuvieron lo bastante lejos de la mansión, Ribby dijo: "Quiero irme de aquí y necesito tu ayuda".

"Si Tibbles se entera se enfadará mucho. Incluso podría despedirme".

"Necesito que llames a alguien. A esa mujer que conocimos ayer, ya sabes, la periodista". Abbey asintió. "Necesito que te dirijas a un teléfono, no aquí, a cualquier otro lugar que no sea éste, y que la llames. Concierta una cita para que nos veamos. ¿Lo harás?"

"Puedo hacerlo", dijo Abbey tras dudar un poco. "De hecho, voy a la granja Fairfield, al final de la carretera, a comprar queso. El chófer iba a llevarme, pero ahora tengo que ir andando. Puedo llamarla desde allí".

"Eres una estrella", dijo Ribby. "Ahora volveré dentro. Diviértete en la Granja Fairfield".

"¿Cuándo debo organizarlo? Me refiero a la reunión contigo y Viveca".

"Creo que ella sabrá lo difícil que puede resultarme. Pero dile que el Sr. Anglófono no está y que lo mejor sería lo antes posible".

"Es un plan".

E N LA GRANJA DE Fairfield, Abbey marcó el número de Viveca Hartman en el periódico. "Hola, soy yo, Abbey".

"¿Abbey qué?" dijo Viveca enfadada. "Aquí tienes a Viveca Hartman, del The Local Times".

"Sí, lo sé. ¿Cómo está tu tobillo?".

"¿Mi tobillo? I..." Viveca se dio cuenta. "Abbey, oh sí. ¿Qué puedo hacer por ti? ¿Es Angela? ¿Está bien?"

"Sí", dijo Abbey, "y he estado muy preocupada por ti, estando tan enferma y luego torciéndote el tobillo así".

"Vale", dijo Viveca, "hay alguien más ahí, ¿no?".

"Oh, sí", dijo Abbey, "de verdad que tienes que tomártelo con calma y mantenerte alejada de ella".

"Abbey", dijo Viveca, "yo, no sé qué quieres ni cómo puedo ayudarte. ¿Quiere verme? ¿Angela quiere que vaya?".

"Sí", dijo Abadía, "el Sr. Anglófono está fuera, en la ciudad. Lo mejor sería lo antes posible. Ahora estoy en la granja Fairfield, recogiendo queso".

"De acuerdo, Abbey", dijo Viveca, "¿qué tal mañana, entre las 10 y las 11 de la mañana?".

"Intentaremos escaparnos. Por favor, espéranos en la granja Fairfield, aunque lleguemos tarde".

"Lo haremos", respondió Viveca.

Capítulo 61

A LAS NUEVE DE la noche, la limusina de Anglophone dobló la esquina camino de casa de Martha. Era su hora preferida, cuando aún había luz por la noche. Era cierto que ella estaba en la cárcel, pero él quería ver si podía averiguar algo de los vecinos. Seguía enfurecido porque Marta había vuelto a colarse en su vida. Le había abierto su biblioteca y su corazón y ahora...

La casa de Martha había desaparecido. Totalmente arrasada. Sólo quedaba un montón de escombros chamuscados. Salió del coche para echar un vistazo más de cerca. El chófer se paró a su lado.

Una anciana deambulaba por la acera. Llevaba una raída bata de baño. Se acercó a Anglophone. El chófer puso su cuerpo entre él y la mujer.

"Maldita vergüenza", dijo la mujer, intentando acercarse a Anglophone. "Una mujer tan buena y que se vaya así. Qué tristeza. Y su pobre hija. Nadie sabe dónde está y ahora, ahora todo el escándalo. No lo sé. No lo sé". Se secó los ojos con la esquina de la manga mientras miraba hacia la limusina.

"¿Estás sugiriendo que la mujer que vivía aquí, Martha, murió?".

"No, no murió. Su vecina, la señora Engle, olió a humo. Sacó de allí los cuerpos de Martha y Scamp. Les salvó la vida aunque Martha no quería vivir. Scamp ha sido adoptado por la señora Engle". Señaló la casa.

"¿Cómo que no quería vivir?".

"Estaba llena de pastillas y alcohol".

"Continúa, por favor".

"La casa estalló como un polvorín. Nunca fuimos amigas. Esa mujer tenía hombres entrando y saliendo todo el tiempo. Era como si su casa tuviera una puerta giratoria". La mujer se rascó, como si tuviera pulgas. "Será mejor que entre antes de que me mate. Buenas noches, señor". Se alejó.

"Espera. Quédate. Entra en mi coche y te daré un trago de whisky para que entres en calor", dijo Anglophone.

La mujer se detuvo. Se volvió hacia él. Dudó y luego se alejó.

"Te agradecería mucho tu ayuda", dijo Anglophone. "Haré que merezca la pena".

"Eh, pero yo, yo no te conozco de nada", dijo la mujer. "Podrías ser uno de los amigos degenerados de Martha. Queriendo un pedazo de esto". Agitó los brazos y sonrió, mostrando una sonrisa desdentada.

"Bueno, soy Theodore Anglophone, una vieja amiga de Martha. Nos conocemos desde hace mucho tiempo". Le deslizó un billete de veinte en la palma de la mano.

"Está en la cárcel".

Agitó un billete de cincuenta delante de su cara, que ella intentó agarrar.

"Tranquilo, amigo", dijo Anglophone. "Dime algo que valga cincuenta dólares. Trabajo duro por mi dinero".

"Puedo contarte cosas; cosas que te harían girar la cabeza".

Anglophone se acercó y el penetrante olor a col le hizo taparse la nariz con la mano. "Tu carruaje te espera".

La anciana se rió mientras el chófer le abría la puerta.

Cuando estuvieron dentro, Teddy llenó un vaso de whisky y se lo dio a la mujer. Ella lo devolvió de un golpe. Él volvió a llenarlo.

"Bueno, Martha y Ribby vivían aquí, y Martha era prostituta, aunque por lo que he oído no muy bien pagada". Se rió. "Lo sabíamos; todos sus vecinos lo sabían, es decir. Hacíamos la vista gorda. Mientras se mantuviera alejada de nuestros maridos, vivíamos y dejábamos vivir. Entonces se enteraron los periódicos y vinieron a ver el puticlub. Ribby no estaba entonces, bendita sea. Pobrecilla. Lo que debió de ver con los hombres que iban y venían mientras crecía".

"Sí, ve al grano, a ganarte los cincuenta dólares", exigió Anglophone.

"Cuando la casa se quemó hasta los cimientos, encontraron... Algo... En el cobertizo... Más tarde... Mientras Martha se recuperaba en el hospital...".

"Ponte a ello".

La mujer le tendió el vaso. Cuando estuvo lleno, continuó. "Fue entonces cuando lo encontraron, un cuchillo".

"Vaya", dijo Teddy, inclinándose más hacia la mujer. Le rellenó el vaso.

"Así que allí estaba, la pobre Martha, sin su hija, sin alma, y la acusaron de primer grado. Dos asesinatos. Su hermana y uno de sus Johns creo que fue el del jueves. Salió en todos los periódicos. Fue una locura por aquí".

"¿El de los jueves?" dijo Teddy en tono revuelto.

La mujer vaciló: "Gordo, muy, muy, gordo. No el tipo ordinario de gorda. Muy poco atractiva. Y además casada".

"Sigue con la historia. Entonces, ¿qué pasó?" preguntó Teddy con impaciencia.

"Estaba muerto. Apuñalado por la espalda. Según los periódicos, las hermanas se pelearon por él". La mujer carcajeó como una gallina poniendo un huevo ante el asombro de que las mujeres se pelearan por un premio así.

"Está en la penitenciaría esperando a que el juez la condene. Creen que mató al hombre y a su hermana. Luego los arrojó por un acantilado. Encontraron el cuchillo y uno de sus vestidos cubierto de la sangre de Carl Wheeler enterrados en el cobertizo de atrás". Se detuvo y esperó con la esperanza de que su relato hubiera sido suficiente para ganarse los cincuenta.

"Has sido muy útil. Aquí tienes otros cien por tu tiempo, y puedes llevarte también el resto de la botella".

Como la mujer no parecía interesada en bajarse, el chófer abrió la puerta. El anglófono le dio un pequeño empujón.

"¡No hacía falta que empujaras! Tú, tú!", exclamó la mujer, mientras retrocedía alejándose del coche.

"Vamos", dijo el Sr. Anglophone al conductor cuando volvió a su asiento. "Lléveme a la Penitenciaría".

"Sí, Sr. Anglophone".

Teddy se echó hacia atrás y cerró los ojos.

Capítulo 62

A LA MAÑANA SIGUIENTE, *Ribby y Abbey se reunieron con Viveca en la granja Fairfield.*

"¡Estás sensacional!" dijo Abbey.

"Gracias, Ang", dijo Viveca. "Estoy lo bastante bien como para subirme hoy a uno de esos caballos y dar un paseo. Siempre que elijas un alma gentil, la equitación me sentaría muy bien".

"Abbey conoce a todos nuestros caballos", dijo la Sra. Fairfield. "Odio tener que salir corriendo, pero tengo algunas tareas que hacer en el pueblo. Así que poneos cómodos. Sírvanse lo que necesiten. Volveré a la hora de comer, si queréis quedaros".

"No, gracias", dijo el trío al unísono.

"Ocupada, ocupada, ocupada", dijo Ribby, y Abbey y Viveca asintieron con la cabeza.

Cuando la Sra. Fairfield salió de la casa, Viveca preguntó: "¿Qué pasa?".

Abbey dijo: "Saldré a dar una vuelta mientras habláis".

"Gracias, Abbey. Eres una joya", dijo Ribby mientras veía cómo Abbey cerraba la puerta tras de sí. Ribby

centró entonces su atención en Viveca, que parecía tan ansiosa como ella.

"¿Cómo puedo ayudarte? preguntó Viveca.

"En primer lugar, gracias por venir con tan poca antelación. Estoy desbordada en la casa con el Sr. Anglófono. Quiero irme a casa".

"¿Y no te deja? ¿Te tiene prisionera?"

"No exactamente. Ha sido amable conmigo, hasta hace unos días   aunque me siento muy aislada porque siempre está fuera por negocios. Hace un par de días, oh, no sé cómo explicarlo, aparte de que quería marcharme. Además, mi teléfono desapareció. Sé que quiere que me quede y abra la Biblioteca, pero sospecho que me oculta algo. No sé por qué necesita que yo sea la Bibliotecaria. Quiero decir, a mí en concreto. No es que haya respondido a un anuncio para el puesto. Francamente, estoy asustada".

"Primero, dime lo que sabes".

"Creo que es mejor que empieces por el principio".

"El anglómano tiene reputación con las damas. En pocas palabras, se las da de listo. Con todo ese dinero, por no hablar del poder que ejerce, es capaz de hacer cosas que un hombre normal no podría hacer. Por ejemplo, tiene a varios miembros del Consejo en el bolsillo. Es un hecho conocido, engrasa palmas, pero es tan poderoso que nadie puede conseguir pruebas contra él. Como lo que ocurrió en la Biblioteca. Ataron a la madre de Stephen y la dieron por muerta".

"¿Esa mujer era la madre de Stephen?"

Pero la madre de Stephen no está muerta...

"*¿Quieres decir que sabes lo que pasó antes en la biblioteca?*

"*Sí, lo leí en Internet antes de venir aquí*".

"*Pero en los periódicos no contaban toda la historia. Por ejemplo, cuando los reporteros llegaron primero y la encontraron, estaba en bastante mal estado. Los periodistas hablan y bien, dicen que estaba desnuda, atada a una silla, con quemaduras en el cuerpo y había mucha sangre. Los forenses descubrieron más tarde que era sangre de animal. Algunos dicen que Anglophone se dedicaba a la magia negra. Cosas raras*".

Ribby recordó al hombre con silueta que aparecía en la contraportada del libro sobre magia.

Esto no tiene sentido. Stephen la visita.

Y ella le telefoneó.

Viveca continuó: "*Sí, pero hay más. Algunos dicen que era la amante de Anglophone. Sin duda fue la única persona a la que confió su biblioteca*".

Esto es cada vez más extraño.

"*Mi padre se remonta mucho tiempo atrás con Anglophone, y Stephen ha vivido allí desde que era un niño*".

"*Entonces, ¿por qué yo?*"

"*No lo sé, pero no te culpo por querer volver a casa. ¿No tienes familia?*"

"*Sí*", dijo Ribby, "*mi madre está en la ciudad. Tengo que llamarla. La llamaré desde aquí ahora mismo*". Ribby descolgó el teléfono.

"*Lo siento, el número al que llama ya no está en servicio. Por favor, cuelgue y vuelva a marcar*".

Ribby volvió a marcar, con el mismo resultado.

"¿Quizá pueda ponerme en contacto con ella por ti? Hacer que venga a buscarte con refuerzos, es decir, policías. ¿Cómo se llama?

"Martha, Martha Balustrade".

"¡Dios mío!" exclamó Viveca. "¡No eres la hija de Martha Balustrade!".

Oh, oh, ¿qué ha hecho ahora Mamita Querida?

Capítulo 63

TEDDY LLEGÓ A LA Penitenciaría. Martha estaba recluida en régimen de aislamiento. Exigió verla. Se hizo pasar por su abogado.

Una mujer de la recepción estaba revolviendo papeles. El anglófono golpeó el escritorio con el puño, reiterando sus exigencias. "Llama a Frederick Schmidt. Llama al alcalde Brown. Ellos me conocen. Me permitirán ver a mi cliente, INMEDIATAMENTE", bramó Anglophone.

Se hicieron llamadas telefónicas. Anglophone siguió esperando durante horas.

"¿Puedo ofrecerte una taza de té?".

"No, gracias", dijo Anglophone, "ver a mi cliente es todo lo que quiero hacer".

Capítulo 64

"¿CONOCES A MI MADRE?"

"Te ha mantenido recluida", dijo Viveca. "Todo el mundo sabe lo de tu madre, con toda la prensa que hay últimamente. Cuando alguien confiesa el asesinato de dos personas, incluida su propia hermana, sale en las noticias, incluso aquí. Por no hablar de sus otras travesuras. Primera página de la ciudad, Angela". Vio cómo la cara de Ribby se ponía blanca como el papel. "Lo siento, al fin y al cabo es tu madre".

"¿Una asesina? Debes de estar equivocada". Hizo una pausa. "Por cierto, mi verdadero nombre es Ribby Balustrade".

"¿Y por qué?"

"Es algo anglófono".

"¿Te obligó a cambiarte el nombre?"

"No, Ángela es más guapa que Ribby".

"Viveca tampoco es ni común ni bonita, así que sé lo que quieres decir. Pero volvamos a tu madre y a los asesinatos. ¿No crees que lo hizo ella?".

Sabemos que no lo hizo porque lo hicimos nosotros.

Hicimos uno; el otro fue un suicidio.

Ribby no dijo nada.

"Mira, sé que Anglophone te ha mantenido recluido aquí abajo. Pensarías que al menos tendría la decencia de contarte que tu madre está en la cárcel".

"He estado pasando todo el tiempo leyendo y arreglando la biblioteca. Mientras tanto, mi madre ha estado... Dios mío, tengo que ir a verla, ahora. ¿Puedes llevarme? Tienes que ayudarme. Tienes que hacerlo".

Abbey asomó la cabeza por la esquina y oyó la súplica de Ribby. "¿Qué está pasando? ¿Por qué está tan alterada? Angela, ¿qué te pasa? Parece que hayas visto un fantasma".

"Tengo que ir a la ciudad, hoy. Ahora mismo. Viveca me va a llevar".

"Seguro que mi padre puede meternos en un avión y llegaremos enseguida. Un momento, le llamo y se lo explico. Está muy versado en jerigonza legal, así que veré si puede acompañarnos".

"¿Hay un aeropuerto cerca? Entonces, ¿por qué no vuela Teddy a Toronto? Seguro que puede permitírselo".

"Le da miedo volar", dijo Viveca, justo cuando su padre cogía el teléfono al otro lado. Ella se lo explicó todo. Aceptó reunirse con ellas en el aeropuerto. "Muy bien, chicas, ¡nos vamos!

"Espera", dijo Ribby, "¿podemos pasar también a recoger a Stephen? Me gustaría que estuviera allí".

"Claro, nos pasaremos y si quiere venir, cuantos más seamos, mejor. ¿Y tú, Abbey? ¿Te unes a nosotros?"

"No, ahora mismo no puedo permitirme perder el trabajo. Tibbles se pondría como una fiera si desapareciera todo el día". Abbey miró el reloj y empezó a ponerse nerviosa. "Ya llevo fuera demasiado tiempo".

"Sube y te llevaré".

"Pero, ¿y Tibbles?" preguntó Abbey. "¿Y si me pregunta algo? No sé mentir".

"Entonces no digas nada. Tenemos que ponernos en marcha, adelantarnos".

"Vale, vamos", dijo Ribby. Estaba fuera de sí por la preocupación por Martha. Se preguntaba cómo había podido ocurrir. Se sentía muy culpable.

En la casa, Stephen subió al asiento trasero del coche y se marcharon a toda velocidad, dejando a Abbey en medio de una nube de polvo.

Capítulo 65

EN LA FRÍA Y húmeda sala de espera, Teddy se paseaba de un lado a otro como un padre expectante. Su temperamento aumentaba con cada momento que le hacían esperar. Sesenta minutos. Noventa minutos. Ciento veinte minutos. Ni rastro de ella. Ni rastro de nadie.

Horas más tarde, Teddy oyó un ruido metálico cuando la guardiana de las llaves se acercó a la puerta. "Perdone", dijo bruscamente cuando la mujer pasó de largo, "llevo horas esperando aquí".

"Señor... anglófono. A petición suya solicité una excepción. Me fue denegada. Sígame y le llevaré a recepción".

Se le echó encima y le dijo: "¿Cómo que fue denegada?".

"La Sra. Balaustrada está esperando la sentencia", resopló ella. "Soy una mujer ocupada y es tarde, así que sígueme, por favor".

Hizo lo que le decían, pero no le hizo ninguna gracia.

TEDDY SEGUÍA ECHANDO HUMO cuando subió a la limusina. Llamó al Hotel Four Seasons y reservó una suite, luego ordenó a su chófer que le llevara allí.

De camino, llamó a Tibbles.

"¡Tibbles! Necesito que pongas a Angela al teléfono y pronto".

"Ha salido a dar un paseo con Abbey. Espera un momento". Tibbles se llevó la mano al teléfono cuando vio entrar a Abbey. Le preguntó por el paradero de Angela. Abbey dijo que Angela y ella se habían separado hacía horas.

"Sr. Anglophone, al parecer la Srta. Angela aún no ha regresado".

"Pues encuéntrala. Llámame en cuanto sepas su paradero". Desconectó.

"¿Podrías pedirle a Stephen que venga a la Abadía? Es urgente". Dijo Tibbles.

"No he visto a Stephen".

"Echa un vistazo a la propiedad. Dile que me informe inmediatamente".

Abbey miró en las zonas comunes de la casa. Deambuló perdiendo el tiempo, tanto dentro como fuera. Media hora después, regresó sin Stephen. Para entonces Tibbles estaba a punto de estallar.

"¿Dónde está?"

"He mirado por todas partes. No está por ninguna parte".

"Hacerlo todo uno mismo. Hacerlo todo uno mismo", murmuró Tibbles. Su hombro chocó con el de ella al pasar rozándola. "¡Si lo encuentro por ahí, te descontaré cincuenta dólares de tu paga y la próxima vez buscarás cuando te lo pida!".

"Pero, señor", Abbey empezó a decir algo más, pero Tibbles cerró la puerta tras de sí.

Tibbles también miró a todas partes. Ni rastro de Stephen. Ni rastro de la señorita Angela. Volvió a la casa y llamó a Anglophone.

"¿Tibbles?"

"Sí, señor, soy yo. No encuentro a Stephen ni a la señorita Angela".

"¿Están juntos?"

"No tengo ni idea".

"Pero seguro que esa chica lo sabría. Me dijiste que iba a ser la sombra de Angela. Ponla al teléfono".

"No está a mano".

"¿Para qué te pago? Encuéntrala y ponla al maldito teléfono". Tibbles descolgó el teléfono y se lo llevó. Cuando oyó movimiento arriba, subió.

Abbey estaba ordenando la mesilla de noche de la señorita Angela. Cogió un libro con una figura ensombrecida en el lomo.

Tibbles entró y empujó el teléfono en la mano de Abbey. A ella se le cayó el libro y cayó al suelo.

"Hola", dijo tímidamente.

"Abbey", dijo el anglófono, "necesito tu ayuda para encontrar a la señorita Angela. Es un asunto urgente. ¿Dónde está?"

"La dejé paseando hace un rato. Quería estar sola".

"Y Stephen. ¿Has visto a Stephen?"

"Antes estaba podando los rosales". Le temblaban las manos y también la voz.

"Vuelve a poner a Tibbles", exigió Anglophone.

"Está mintiendo", dijo Anglophone a Tibbles. "Averigua lo que sabe y llámame".

"¿Pero cómo?"

"No me importa cómo. Por cualquier medio. Averígualo y ¡AHORA!" gritó Anglófono por la línea.

Tibbles apretó los puños y se puso en pie. Cruzó el suelo y, cuando estuvo cara a cara con Abbey, le propinó un revés.

El inesperado golpe hizo que Abbey saliera volando hacia atrás y aterrizara en la cama de Ribby. Él se subió encima, a horcajadas sobre ella y sujetándola por las manos y las piernas. El betún negro de sus botas rozaba el edredón.

"¡Dímelo!", le gritó en la cara. Como ella no contestaba, le acercó la almohada a la cara y la dejó forcejear. Volvió a levantarla. Sus ojos. Suaves, como los de una cierva. "¡Dímelo!" Volvió a empujar la almohada hacia abajo y ella se agitó. Cuando la retiró, por fin confesó, y él la dejó sentarse y recuperar el aliento.

Llamó a Anglophone, que soltó una exclamación de júbilo al otro lado del teléfono. "Bien hecho, Tibbles. Tu lealtad será recompensada".

Tibbles colgó el teléfono y se volvió hacia la joven.

Abbey permaneció en la cama, mirándole fijamente con aquellos ojos. "¡Deja de mirarme!", le gritó mientras le empujaba la almohada a la cara. Ella forcejeó un poco al principio, pero luego se rindió. Él siguió empujando la almohada mientras el tiempo se detenía.

Cuando la retiró, la chica tenía los ojos muy abiertos. Parecía en paz. Como un ángel.

Tibbles empezó a temblar. Se agarró a la mesilla de noche y vio un libro en el suelo. Lo cogió, e inmediatamente reconoció los ojos de la figura ensombrecida del reverso. Pertenecían a su amo. Durante un momento se quedó sentado, mirando la portada de Todo lo que siempre quisiste saber sobre la magia negra (pero temías preguntar). Su mente vagó hacia Rosemary y su petición de ayuda.

Tibbles abrió la chimenea y encendió el fuego. Tiró el libro dentro y lo vio arder.

Envolvió a Abbey en el edredón de Ribby, se la echó al hombro y sacó su cuerpo al jardín. Cavó una tumba poco profunda bajo los rosales. Después de enterrarla, volvió a colocar las rosas donde estaban y roció un poco de agua en el jardín. Era un lugar de descanso precioso.

De vuelta al interior, Tibbles se duchó y se arregló. Luego se ocupó de la habitación de la Srta. Angela. Volvió a hacer la cama con sábanas limpias, fundas de almohada y edredón nuevo. Todo perfecto.

Cuando hubo terminado todas sus tareas, el silencio se hizo ensordecedor. Incluso sus propios pasos resonaban con fuerza en sus oídos.

Al cabo de un rato, ya no podía soportar el sonido de su propia respiración. Parecía tan fuerte, tan ruidosa.

Volvió a su habitación y se puso la bata que Anglophone le había regalado una vez. Fue a su último cajón y sacó una pistola.

Sentado en su sillón favorito, con su chaqueta de fumar preferida, se voló los sesos.

No había nadie en casa para oír el disparo.

Sólo los pájaros se sobresaltaron por el sonido antinatural.

Capítulo 66

ROSEMARY FRANKLIN, LA MADRE de Stephen, hacía tiempo que había desaparecido. Había imaginado escapar del sanatorio, había soñado con ello muchas veces. Cuando se le presentó la oportunidad, fue a por ella y subió a la parte trasera de la furgoneta de Clean-it-4-U. Eran las 4 de la madrugada y estaba en camino.

La furgoneta circuló durante un buen rato con ella escondida en la parte de atrás. En cuanto salieron del hospital, se puso un traje que había robado. También había cogido un anillo de diamantes y algunas monedas.

En su primera parada, Gus, el conductor, se apeó. Rosemary observó cómo entraba en la cafetería. Cuando no hubo moros en la costa, abrió la puerta y echó a correr. Se escondió junto al muro exterior entre los edificios. Desde allí podía ver cómo Gus se alimentaba la cara y esperar a que se marchara. Sintió el agradable aroma del café recién hecho y del tocino chisporroteando en el interior. Sólo de pensarlo se le hizo la boca agua. Era mucho más tentador que el asqueroso hedor de la comida del hospital al que se había acostumbrado.

Una puerta crujió y ella se estremeció cuando el sol se abrió paso por el cielo. Gus subió a la furgoneta, jugueteó con la radio, se puso las gafas de sol y arrancó.

Rosemary permaneció oculta unos instantes más. Más valía prevenir que curar. Cuando la furgoneta se perdió claramente de vista, Rosemary se mesó el pelo con los dedos. Entró en la cafetería, pidió un café y se lo bebió. El sabor del café recién hecho de la cafetería de carretera era celestial. La camarera se acercó enseguida y la volvió a llenar. Saboreó la segunda taza.

Cuando estuvo lista para irse, Rosemary dejó caer unas monedas sobre la mesa. Sabía que no tenía suficientes, pero esperaba que la camarera la dejara pasar. Rosemary rompió a llorar, sollozando incontrolablemente en su mano.

La camarera volvió: "¿Va todo bien, querida?".

Rosemary mintió. "Mi marido me pega. He huido. Este cambio es todo lo que tengo. Necesito desaparecer. Si me encuentra, me arrastrará de vuelta".

La camarera le tendió un pañuelo. "¿Tienes algún sitio seguro donde ir? ¿O debería llamar a la policía?"

"Sí, tengo un hijo, Stephen. Lo único que necesito es llegar hasta él. Si pudieras llamar a un taxi y explicarle la situación, te lo agradecería. Necesito ayuda para escapar".

"¿Por qué no te doy mi teléfono y llamas tú misma?".

"Porque mi marido llamará a todas las empresas de taxis de la provincia. Si tienen mi nombre, me encontrará". Volvió a sollozar en el pañuelo.

La camarera le dijo que llamara a un taxi y que vendría enseguida.

"¿Puedo pedirte un favor más?" Cuando la chica asintió, Rosemary pidió un par de cigarrillos y un paquete de cerillas. Con una sonrisa, la chica la obedeció.

Cuando llegó el taxi, Rosemary dio las gracias a la camarera. "Algún día traeré aquí a mi hijo para que te conozca, querida". La joven sonrió y saludó con la mano, que Rosemary devolvió.

"¿Adónde, señora?", preguntó el conductor.

"A la finca de Theodore Anglophone".

La miró por el retrovisor y asintió.

"De camino, me pregunto si podría llevarme a una casa de empeños. Tengo algo que me gustaría vender. Por supuesto, puedes dejar el taxímetro en marcha", dijo Rosemary.

"Es su dinero, señora. Hay una casa de empeños por aquí, a unos veinte minutos. Te llevaré y me tomaré una taza de té y un trozo de tarta de cerezas a la mode".

"Muchas gracias, Jimmy", dijo ella después de echar un vistazo a la foto de su DNI que aparecía en el salpicadero.

Jimmy volvió a mirar por el retrovisor. Cuando se echó el pelo hacia atrás, la luz del sol rebotó en la piedra de su dedo. Dio un volantazo para esquivar un coche que venía en dirección contraria. "Menuda piedra, señora".

"Gracias", dijo Rosemary mientras miraba a lo lejos.

"Ya hemos llegado", dijo él.

Capítulo 67

PRONTO EL AVIÓN LLEGÓ a Toronto.

"Necesito ver a mi madre", dijo Ribby.

Viveca llamó al centro penitenciario, explicando que tenía con ella a la hija de Martha Balustrade.

Le denegaron el acceso.

"La sentencia se dicta mañana en el juzgado. Reservemos en un hotel y durmamos bien", sugirió Viveca.

"¿Por qué no me dejan verla?"

"Lo único que me han dicho es que a la presa no se le permitían visitas esta noche", dijo Viveca. "¿Cuál es el hotel más cercano al juzgado?", preguntó al conductor.

"El Hilton está a poca distancia".

Viveca llamó y reservó tres habitaciones. "Utilizaré mi cuenta de gastos", dijo.

Se registraron en el hotel y acordaron reunirse en el vestíbulo. Desde allí se dirigirían juntos al juzgado.

A LA MAÑANA SIGUIENTE, Stephen y Viveca intentaron que Ribby comiera algo. Consiguieron darle una taza de té, pero nada más.

"Me alegro mucho de que hayas podido venir para darme apoyo moral, Stephen", dijo Ribby.

Angela le guiñó un ojo.

Viveca se encogió ante lo inapropiado del comportamiento de Ribby. Se dio cuenta de que incomodaba a Stephen. Pagó la cuenta y salieron del edificio. El ruido en la calle era ensordecedor.

"Un caos de tráfico. Me alegro de que podamos ir andando. Bienvenido a la ciudad", dijo Stephen.

Se dirigieron al juzgado.

Capítulo 68

ANGLOPHONE HABÍA PASADO UNA noche inquieta sin que Tibbles estuviera allí para dirigirle. En su ausencia, Anglophone había llamado a casa. Ya lo había hecho muchas veces. Tibbles estaba encantado de ayudar dándole cuerda a la caja de música y acercándola al teléfono. Sin embargo, esta vez no contestó.

La próxima vez que le viera, más le valía a Tibbles tener preparada una buena explicación. Le tenía aprecio, pero a veces era exasperantemente negligente.

Mientras permanecía despierto durante horas, se preguntaba por su hijo y su hija. ¿Dónde estarían? Debían de estar en algún lugar de la ciudad. Recordaba a los dos mirándose con ojos de cierva. Sin saber que eran hermanos. Él también se había sentido atraído por su propia hija, antes de saber quién era, por supuesto.

Por un momento, Anglophone se imaginó confesando su paternidad a su vástago. Fue más allá, imaginando bodas, y luego nietos correteando por su casa, gritando, persiguiéndole. Odiaba a los niños. Gastándose todo su dinero. Sacudió la cabeza, cogió la fea lámpara que había junto a su cama en la habitación del hotel y la arrojó contra la pared. Se hizo añicos, y la bombilla chispeó y luego se apagó. De ninguna manera iban a oírlo. Al menos, no de sus labios. No era un hombre de familia. Nunca lo sería. Los lazos familiares sólo creaban complicaciones.

Pensó en la situación de Martha. Ella le había pedido ayuda.

Por la mañana, desayunó en su habitación. El café era desagradable. Llamó a su chófer y se dirigieron al juzgado.

Capítulo 69

ROSEMARY EMPEÑÓ EL ANILLO. Después visitó una papelería donde compró un bolígrafo, papel y un sobre. De camino a la finca de Anglophone, escribió una carta. Cuando terminó, cerró el sobre y escribió en el anverso: "A Stephen Franklin. Privado y confidencial". No incluyó remitente.

En la mansión de Anglophone, Rosemary pidió a Jimmy que metiera el sobre en el buzón. No quería correr el riesgo de encontrarse con Tibbles.

"¿Adónde vamos ahora, señora?"

"A la biblioteca. Me refiero a la Biblioteca de Anglophone. ¿Sabes dónde está?"

Giró la cabeza. "Puedo llevarte allí".

"Gracias".

Llegaron a la biblioteca poco después. Al principio, Rosemary permaneció en el asiento trasero del taxi con el taxímetro en marcha sin poder moverse.

Jimmy preguntó: "¿Va todo bien?".

Rosemary se cruzó de brazos, temerosa de salir. Miedo de volver. Miedo de lo que pensaba hacer. "Estoy bien", dijo.

Jimmy encendió la radio. Canturreó con Elvis.

Rosemary abrió la puerta. Le puso unos billetes en las manos: "Gracias, Jimmy. Has estado maravilloso y además tienes una voz bastante buena para cantar".

"Gracias, nunca habrá otro Elvis". Volvió a subir a su taxi y se alejó a toda velocidad.

Cuando se perdió de vista, Rosemary contempló la biblioteca. Antes había sido su lugar favorito. Su santuario. Y el aire del exterior seguía oliendo de maravilla. Los pinos, oh, los pinos. Sentía que por fin era libre.

Esa sensación no duró mucho. Pronto los malos recuerdos empezaron a arremolinarse de nuevo en su cabeza. El anglófono de pie sobre ella. Torturándola. La magia negra. Verter sangre de animal sobre ella. Todo por aquel maldito libro.

Le temblaron las manos cuando se metió la mano en el bolsillo y sacó un cigarrillo doblado. La camarera había sido muy amable al dárselo. Lo encendió y dio una larga calada. Tosió, pero siguió dando caladas hasta que sus manos volvieron a calmarse.

Surgieron más recuerdos. Los recuerdos de los que se había estado escondiendo se desencadenaron como una tormenta de verano. Anglophone utilizándola como conejillo de indias. Ella amenazando con ir a la policía. Él amenazando con matar a su hijo. Su tortura tenía que terminar. Ella amenazando con decirle a Stephen quién era.

Entonces se formó un plan. Un compromiso. Rosemary desaparecería a todos los efectos y se expediría un certificado de defunción. Como se habían casado en secreto, nadie sabría que se había cambiado el nombre. Stephen tendría un trabajo de por vida, pero nunca sabría quién era su padre. Nunca sabría que era el heredero de la fortuna de Anglophone. A cambio, Rosemary recibiría los cuidados que necesitaba. Sus quemaduras sanarían y se cubrirían todos los gastos. Para proteger a su hijo, aceptó permanecer encerrada el resto de su vida. En teoría, en aquel momento parecía factible.

Después de pedir a Anglophone que la liberara y de que éste se negara, no tuvo más remedio que escapar. Además, Stephen merecía saber la verdad. Rosemary tenía que ser quien se lo dijera. Se sentó en los escalones entre los arcos de la biblioteca e imaginó que su hijo encontraba la carta y la leía. Su intuición de madre le decía que estaba haciendo lo correcto.

Rosemary se levantó y tiró el cigarrillo al suelo. Pasó un rato reuniendo materiales. Troncos, palos, cualquier cosa inflamable que pudiera encontrar. Lo que pudiera cargar. Puso la leña en la entrada principal y le prendió fuego, luego añadió los trozos más grandes. Se colocó entre los arcos de madera con los brazos abiertos y esperó a que las llamas la envolvieran.

El humo habría sido visible a kilómetros y kilómetros de distancia, pero todos los que podrían haberse molestado lo suficiente como para darse cuenta estaban lejos o muertos.

Los arcos de madera se derrumbaron antes de que el fuego alcanzara a Rosemary. Mientras las llamas danzaban en su visión periférica, las pesadas vigas que se derrumbaban le aplastaron el cráneo. Se acabó el sufrimiento. Se acabó el dolor.

Capítulo 70

E N EL JUZGADO, VIVECA utilizó su pase de prensa para acercarles a la parte delantera, aunque la sala estaba abarrotada. De camino a sus asientos, Ribby se fijó en algunas caras conocidas, entre ellas las de sus vecinos. Odiaba la idea de que juzgaran a su madre y mucho más de que fuera a la cárcel.

Vamos fuera a fumar.

No, mamá vendrá pronto.

No pasa nada. No va a ir a ninguna parte.

Ja. Ja.

El ambiente en la sala estaba fuera de control. Los cotillas chismorreaban. Los que no tenían nada importante que decir añadían su granito de arena. Cuando trajeron a Martha, todos se detuvieron y se quedaron mirando.

La prisionera estaba desaliñada. El traje gris que llevaba no le favorecía en absoluto. Había adelgazado. Ribby pensó que su rostro lleno de cicatrices de fuego parecía un cadáver andante.

Vaya, hasta a mí me da pena.

sollozó Ribby.

Martha miró a su hija y casi sonrió, pero luego apartó la mirada.

"Todos en pie", dijo el alguacil. "El Tribunal de esta Provincia entra en sesión. Preside el Muy Honorable Juez Delvecchio".

El Juez saludó a todos los presentes y se sentó. El alguacil indicó que todos los presentes en la sala hicieran lo mismo.

Ribby miró a la mujer que tenía en sus manos el destino de su madre. Tenía ojos amables, incluso desde aquella distancia, y Ribby esperaba que la mujer mostrara piedad.

"Martha Balustrade, te declaro culpable de todos los cargos".

Hubo un pandemónium en la sala.

El juez Delvecchio se levantó y gritó: "¡Silencio!". Volvió a caer en su asiento. "Ahora estoy dispuesta a dictar sentencia". Hizo una pausa. Todos los presentes contuvieron la respiración.

"Martha Balustrade, queda condenada a veinte años de prisión".

Martha permaneció en silencio.

Ribby se levantó y dijo: "Pero ella no lo hizo".

"¡Orden, orden!" dijo Delvecchio mientras bajaba el mazo de golpe. "¡Orden o desalojaré esta sala del tribunal!".

¡Cállate, Ribby! ¡Cállate!

Cuando se hizo el silencio, el juez se dirigió a Ribby. "¿Y tú quién eres?"

Por el amor de Dios, Ribby cállate de una puta vez.

"Señoría, me llamo Rebecca Balustrade, pero todo el mundo me llama Ribby. Soy la hija de Martha".

Sonaron voces. Más caos. El juez amenazó de nuevo con desalojar la sala. Hizo un gesto a Ribby para que continuara.

Anglophone entró.

"Mi madre es inocente y sé que es cierto".

Ribby, por favor.

"¿Y cómo lo sabes?" preguntó el juez Delvecchio.

Hubo silencio durante un momento o dos, mientras Ribby apretaba y aflojaba los puños tal y como Angela también le había enseñado.

Ribby desapareció y Angela tomó el relevo. Rebuscó en el bolso, sacó un cigarrillo y lo encendió. Le dio una calada, tiró el cigarrillo al suelo y lo apagó. Miró en dirección a la juez Delvecchio.

"Ella, Ribby, no sabe nada. Es tan inmadura que me creó a mí -su amiga imaginaria- y tiene treinta y tantos años. Ha tenido que enfrentarse a muchas cosas en su vida, incluida la convivencia con esa pobre excusa de madre". Ángela se volvió y señaló a Marta.

Las lágrimas rodaron por las mejillas de Martha.

Ángela. No.

Ángela continuó: "Así que hice las cosas que ella no fue capaz de hacer. Todas ellas".

Todos se inclinaron hacia delante. Tenía toda su atención. El público estaba pendiente de cada una de sus palabras. Se sintió poderosa, como si estuviera en una obra de Shakespeare interpretando un soliloquio. Nunca había sido fan del Bardo, pero Ribby lo leía.

La aburría soberanamente. "En cuanto a la persona Wheeler, estaba violando a la tía Tizzy. No tenía elección. Tenía que quitárselo de encima. La estaba matando".

Angela dejó de hablar. Dirigió su mirada primero hacia Anglophone, luego hacia Martha antes de volverse de nuevo hacia el Juez.

Su público ya había esperado bastante. "Decidí deshacerme del cadáver. El plan consistía en tirarlo por el acantilado en su furgoneta. Que le fuera bien. Ya no valía nada. Tizzy debía saltar de la furgoneta antes de que cayera, pero no lo hizo. Ella también cayó".

Martha se puso en pie. Intentó hablar, pero su abogado la hizo callar y la volvió a sentar en su asiento.

"¡Orden! Orden!" gritó el juez Delvecchio. "Desalojaré la sala si no se callan todos".

Angela se dirigió a la mesa de Martha. Se sirvió un vaso de agua. Bebió un sorbo y volvió a mirar al juez, que dijo: "Estamos esperando".

"No suelo hablar mucho", dijo Angela. "Al menos no en voz alta. Es un trabajo que da sed".

Hubo algunas risas en la sala. La juez Delvecchio, impaciente, golpeó el mazo varias veces. Se levantó y abrió la boca....

Angela interrumpió. "También confieso el asesinato de un portero de discoteca en la otra punta de la ciudad. Lo maté en defensa propia porque intentó violarme".

¿Cómo? ¿Angela?

No sabes nada, Ribby.

Angela hizo una pausa. "Así que aquí estoy ante ti. Culpable de todo. No os miento. Hice esas cosas, pero Rebecca, quiero decir Ribby Balustrade, es inocente. Verás, desde el principio podía bloquearla. Podía dominarla por completo. Así que, si quieres procesar a alguien, entonces tienes que procesarme a mí. La cosa es que ni siquiera existo. No soy Ribby. Soy Angela".

Anglophone se puso en pie.

Angela dijo: "Incluso perdió la virginidad sin saberlo. Aún no lo sabe".

Ribby gritó.

Anglófono empujó a lo largo de su fila, hacia fuera y hacia el pasillo central. Levantó su bastón en el aire e inmediatamente fue desarmado y derribado al suelo. Mientras le arrastraban fuera del proceso, gritó: "¡Soy Theodore Anglophone!".

A nadie le importó.

"¡Orden en el tribunal! He dicho orden!" gritó la juez Delvecchio mientras golpeaba el mazo varias veces. Cuando todos se callaron, dijo: "A la luz de esta nueva información, caso sobreseído. Martha Balustrade, puedes irte. Se iniciará un nuevo juicio inmediatamente después de una evaluación psiquiátrica. Agentes, por favor, lleven a la señorita Balustrade a los calabozos en espera de una investigación más a fondo".

Martha se levantó con lágrimas en los ojos: "Pero me declaro culpable. Acepto la sentencia. Enciérrenme, por favor. Dejad marchar a mi hija".

"Demasiado poco y demasiado tarde, mami querida".

El martillo volvió a caer y el juez dijo: "Esto es un tribunal y aquí juzgamos a asesinos, no a malas madres. Podría declararte en rebeldía. Podría multarte por hacer perder el tiempo al tribunal. Por perjurio. Por acoger a un asesino. Por obstrucción a la justicia. ¿Entiendes lo esencial? Te aconsejo que sigas tu camino y dejes que el tribunal haga lo que deba. Se levanta la sesión. Despeje la sala, alguacil". La juez Delvecchio se puso en pie. Todos los demás la siguieron y la observaron mientras desaparecía en su despacho.

Martha observó a su hija mientras los agentes la esposaban y se la llevaban. Angela miró a Martha por encima del hombro y sonrió con satisfacción. Fue casi como si aquella mirada detuviera el corazón de Martha, o así lo contaron después. Martha cayó al suelo y expiró antes de que la ambulancia tuviera tiempo de llegar.

Capítulo 71

MARTHA BALUSTRADE FUE ENTERRADA con la asistencia de su hija. Ribby estaba custodiada por dos agentes y vestida con su traje gris de presidiaria, con las manos y los pies atados. Los guardias le pusieron unas flores en las manos. Ella las arrojó sobre el ataúd mientras se despedía por última vez.

¿No es esa la limusina de Anglophone?

Sí. Me pregunto por qué no se baja.

Después de su actuación en la sala del tribunal, es sorprendente que esté aquí.

Apenas conocía a mi madre.

Aún no tengo ni idea de lo que intentaba hacer.

Tuvo suerte de que no le dispararan.

Anglophone estaba allí, pero prefirió quedarse en su limusina. Consideró la posibilidad de salir algunas veces y presentar sus respetos. También se planteó confesarlo todo. En vez de afrontar las cosas, ordenó a su chófer que le llevara a casa.

Durmió un poco por el camino y, cuando el coche se acercó a la puerta de la casa, vio un sobre naranja brillante que sobresalía del buzón. Después de leerlo, lo hizo pedazos.

Anglófono volvió a llamar a su chófer. "Llévame a la biblioteca".

Cuando Anglophone llegó, el fuego se había extinguido por sí solo.

Anglophone miró los escombros ennegrecidos. Todo lo que quedaba de Rosemary. Se dio cuenta de que por eso no le habían permitido a Stephen ver a su madre. Por qué se había visto obligado a causar tanto alboroto en el hospital. Los idiotas la habían dejado escapar. Casi se sintió mal por haberle descontado la paga. Casi. Tendría que llamar al hospital para que vinieran a recoger sus restos. Lo ocultarían, ya que él era su mayor donante. No lo publicarían en los periódicos. Nadie se enteraría. Al fin y al cabo, Rosemary ya estaba muerta. Al suicidarse, había hecho imposible que Stephen supiera nunca quién era su padre.

El anglófono se estremeció cuando el chófer le llevó de vuelta a casa. Esperaba que Tibbles estuviera allí para saludarle y consolarle, pero no había ni rastro de su fiel criado.

"¡Tibbles!", gritó.

Su voz resonó por toda la casa, pero no hubo respuesta. Anglophone estaba demasiado agotado para intentar encontrarlo. Se fue a su habitación, le dio cuerda a la caja de música y se quedó dormido un rato.

Cuando despertó, sintió que un terror le atravesaba el alma y llamó a gritos a Tibbles. Tiró y tiró de la campanilla tantas veces que volvió a caer del techo. Aun así, no vino nadie.

Se sentía muy solo, y lo estaba.

Excepto Tibbles, que estaba muerto en su propia habitación, y Abbey, que estaba enterrada bajo las rosas.

Capítulo 72

TRAS UNA EXHAUSTIVA EVALUACIÓN psiquiátrica, el juicio de Ribby fue rápido. Fue condenada a veinte años de prisión. Diez años por cada asesinato, menos el tiempo cumplido. La muerte de Tizzy se había considerado un suicidio.

Ribby lloró sin parar durante días que se convirtieron en semanas. Era incapaz de hacer frente a aquel entorno hostil. Sobrevivía al límite.

"Vuelve a hablar sola", dijo Shona, la compañera de celda de Ribby. Shona había sido condenada por los asesinatos de su marido y sus dos hijos.

El funcionario de prisiones vino a evaluar la situación. Vio a Ribby acurrucada y meciéndose en la cama. Reprendió a Shona y le dijo que dejara de gritar o la pondría en aislamiento.

"Venga ya", dijo Shona. "Yo no he hecho nada".

"Una palabra más y bajarás a aislamiento", dijo el guardia.

Shona le sacó la lengua en señal de desafío mientras el guardia le daba la espalda y se alejaba. Se quedó mirándolo unos segundos antes de darse la vuelta y encararse con Ribby. "¡Te estoy vigilando, zorra!".

Ribby le volvió la cara hacia la pared.

"¡No me des la espalda, zorra!" dijo Shona mientras le daba un empujón.

Angela se levantó y agarró a Shona por el cuello. La empujó contra la pared del fondo con una fuerza que pilló a la compañera de celda por sorpresa. La cabeza de Shona se echó hacia atrás. Se partió al chocar contra los fríos ladrillos.

Con las manos alrededor del cuello de Shona, le dijo: "Deja que te aclare algunas cosas. Número uno: no hablarás conmigo. Número dos, no me tocarás. Y número tres, si haces cualquiera de las dos cosas que acabo de mencionar, te mataré".

Los ojos de Shona nadaban en sus órbitas. Intentó responder, pero no pudo hacer más que jadear. La mujer asintió con un movimiento de cabeza.

Angela volvió a la cama, pero antes de tumbarse en el delgado colchón, cogió agua y se la arrojó a Shona a la cara. Esta acción sacó a la compañera de celda de su aturdimiento.

Shona corrió la voz sobre Ribby. Era una malvada con la que no había que meterse. Otras lo intentaron, pero Angela las rechazó de inmediato. Estaba harta de los lloriqueos y el victimismo de Ribby para toda la vida.

Pasaron los años. Los compañeros de celda iban y venían.

Angela mantuvo el control absoluto. Era respetada y temida. Con el tiempo, se convirtió en la dueña del lugar. Ahora era su prisión y tenía el control sobre ella y sobre Ribby. La vida era vivible.

Capítulo 73

AL CABO DE UNOS años, Anglophone hizo una visita inesperada a la penitenciaría. No visitó a Ribby. En su lugar, se reunió con el recién nombrado alcaide de la prisión, J. B. Bedford. Bedford era nieto de un viejo conocido que le debía un favor.

"Me gustaría financiar una biblioteca aquí", dijo Anglophone. Anglophone ya no tenía pelo. Su cuerpo no paraba de temblar y no podía mantenerse en pie mucho tiempo.

"Es muy generoso por tu parte", respondió Bedford. "Aunque, para ser sincero, a los reclusos les vendrían bien donaciones de muchos artículos. Es decir, antes que libros".

Anglophone se inclinó hacia Bedford. "Haz una lista y tráemela. El dinero no es problema, pero una biblioteca es imprescindible y rápido. Soy un anciano".

"Claro que sí", dijo Bedford. "Si tienes el dinero, incluso le pondremos tu nombre".

"No", dijo Anglophone. "No quiero reconocimiento. Sin embargo, me gustaría que involucraras a una de las reclusas. Ella puede ayudar en la creación y el mantenimiento de la propia biblioteca. Se llama Ribby Balustrade. Es una bibliotecaria cualificada. Por supuesto, donaré cajas llenas de libros".

Bedford conocía a Ribby Balustrade. Era una rompepelotas que durante su estancia hasta el momento se había encumbrado como la nueva reina de la manada de reclusas. Bedford no fingió su sorpresa cuando dijo: "Desde luego, no parece del tipo bibliotecaria".

"Ribby Balustrade sí que es del tipo bibliotecario. ¿Estamos de acuerdo?"

"Claro que sí", respondió Bedford.

"Ah, y una cosa más", dijo Anglophone. "Nunca debe enterarse de mi participación. Quiero decir, nunca".

"Entendido", dijo Bedford.

CUANDO ANGELA OYÓ LA noticia de la nueva biblioteca no le hizo ninguna gracia. Las bibliotecas y los libros eran patéticos. Se había trabajado mucho su reputación. Quería mantener su estatus en la prisión. Tenía que mantener su perfil. Mantener el miedo. Sin miedo perdería todo por lo que había trabajado tan duro. No sería capaz de proteger a Ribby si siempre estaba pululando por la biblioteca.

La lectura es positivamente aburrida y si quieres que te proteja, entonces tengo que estar al mando aquí.

Cuando los presos tengan una biblioteca, tendrán algo que hacer. Será mejor.

Dios mío, Ribby, ¿puedes ser tan estúpido? ¿De verdad?

Antes de la idea de la biblioteca, la personalidad de Ribby se había contentado con pasar a un segundo plano. Ahora resurgía. Ribby se sintió casi feliz.

Podré ayudar a los demás. Darles a conocer los libros. Además, como extra, podré leer lo que quiera.

Todo el tiempo del mundo para aburrirnos tontamente y ponernos una diana en la espalda.

Todo irá bien. Sé que así será.

Despiértame cuando acabe.

RIBBY ESTABA DE PIE en el centro de la habitación sin usar. Pronto la convertirían en biblioteca. Era bastante espaciosa, pero las desnudas vigas de madera del techo eran feas. También lo eran las frías paredes de ladrillo y los suelos de pizarra. Podía arreglar las paredes cubriéndolas con estanterías y los suelos con moqueta. Pero el techo era otro problema.

Cada día llegaban cajas llenas de libros viejos y nuevos. Algunas de las cajas había que abrirlas con una palanca. Dentro de las cajas los libros estaban atados en categorías con cuerda. Ribby llenó las estanterías, poniendo todo en orden.

Cuando la nueva biblioteca estuvo terminada, Ribby se situó junto al alcaide Bedford. Los reclusos se reunieron para la gran inauguración. Se celebró una ceremonia de corte de cinta.

Sus compañeras entraron en pequeños grupos. Ribby presumió del lugar. Estaba orgullosa de las mesas y sillas, de las alfombras. Y los libros, ¡tantos libros! Por no hablar de las escaleras correderas para facilitar el acceso. Una cosa que no podían cambiar eran las vigas de madera del techo. Seguían siendo feas, pero la iluminación ayudaba a disimularlo.

La mayoría de los reclusos reaccionaron positivamente ante la biblioteca. Excepto Angela.

Ribby, esas mujeres son muy peligrosas. Es sólo cuestión de tiempo que vuelvan a por nosotros.

No seas ridículo. Esta biblioteca cambia las reglas del juego.

La obsesión de Ribby por la nueva biblioteca daba a Angela cada vez más motivos para mantenerse alejada.

Una tarde, Ribby habló con el director sobre la posibilidad de crear un club de lectura. Le pareció una buena idea, pero como sólo tenían un ejemplar de cada libro sería difícil organizar un club de lectura tradicional. Ribby le preguntó si podía ponerse en contacto con las librerías locales y pedir ejemplares adicionales. Bedford le echó unas monedas para el teléfono público. Tardó un par de días en obtener un sí, y luego llegó una donación de veinticinco libros. El primer libro del club del libro de la prisión sería Crimen y Castigo, de Fiódor Dostoievski.

Una vez puestos a disposición los primeros veinticinco ejemplares, los reclusos hablaron del libro. También querían leerlo. El concepto de club de lectura mensual se convirtió en un club de lectura semanal. Los reclusos hacían cola para unirse.

¿Cuándo vamos a divertirnos?

Esto es divertido y estamos marcando la diferencia. Mira a los demás presos. Estamos haciendo algo bueno.

Eres tan bueno.

Vaya, gracias.

Pusiste el aburrimiento en la palabra aburrido.

Entonces, vete. Ya no te necesito.

El alcaide notó una gran diferencia en el comportamiento de sus reclusos. Llamó a Ribby a su despacho. Le dio las gracias por las sugerencias. Como nuevo alcaide, quería dejar su impronta, y Ribby le ayudó a destacar.

Le preguntó si tenía alguna otra idea sobre cómo mejorar las cosas para sus compañeros. Ribby sugirió lecturas de autores. El alcaide dijo que conocía a alguien que conocía a un autor popular de Maine. Ribby envió una carta a través del amigo del alcaide, en la que mencionaba que el Club del Libro pronto leería Stand By Me. Pronto, autores de todo el mundo estaban donando libros y pidiendo venir a la prisión para hablar de sus libros.

El alcaide volvió a llamar a Ribby y le preguntó si tenía alguna otra idea. Mencionó un Día de la Familia en el que las reclusas pudieran leer a sus hijos. A menudo veía a las familias reunidas en la sala de reuniones rodeadas de guardias de la prisión. Los niños parecían demasiado asustados para hablar. Esto resultaba ineficaz para toda la familia. Sugirió acordonar un segmento de la biblioteca, donde una familia a la vez pudiera leer junta. Al alcaide le pareció una idea excelente y se ofreció a probarla. El boca a boca trajo más donaciones de librerías. Añadieron una sección infantil.

La siguiente sugerencia de Ribby: enseñar a leer a los reclusos que no sabían hacerlo.

A continuación, solicitó donativos para crear un Rincón del Trabajo. Llegaron ordenadores y se conectaron al WI-FI para que los reclusos pudieran trabajar en sus currículos antes de su puesta en libertad.

Se corrió la voz por todo el sistema penitenciario. El alcaide Bedford recibió elogios y premios. Nunca dejó de mencionar la contribución de Ribby.

AÚN HABÍA QUE DESEMBALAR una caja de libros. Ribby la abrió. En la contraportada había una silueta de hombre.

Anglófono.

¿Crees que él hizo todo esto? ¿Y por qué no nos dimos cuenta antes de que era él?

No estoy seguro, ahora parece obvio. Sin embargo, me pregunto por qué, ¿por qué lo hizo?

¿Culpa? ¿Remordimiento?

¿Por amor?

Ribby estaba en lo alto de la escalera, cuando Angela tensó la cuerda alrededor de la viga de madera. Hizo un lazo y colocó su cabeza en él. Cuando estuvo lista, empezó a cantar:

¡Buenas noches, buenas noches!

Ribby se mantuvo firme. Se quitó la cuerda del cuello.

No.

Angela se esforzó por recuperar el control, agarró la cuerda y volvió a colocar la cabeza en ella. Mientras se empujaba para bajar de la escalera, Ribby consiguió aferrarse al último peldaño con una mano. Con la cuerda aún sujeta a su cuello, Ribby se aferró a ella para salvar su vida.

Angela intentó empujarse de nuevo, sin dejar de tararear la melodía. Su fuerza hizo que la mano de Ribby se soltara.

Ribby y Angela quedaron colgados un momento, y luego parecieron volar hacia la luz. Pero la cuerda no era lo bastante larga. Péndulo, chocaron con la escalera. Ésta salió despedida hacia un lado y empujada hacia la pared más alejada, donde aterrizó con un golpe seco.

Una ambulancia llegó demasiado tarde.

Epílogo

A LGUNOS AÑOS DESPUÉS, LLEGÓ una carta del abogado de Anglophone dirigida a Stephen.

En ella se revelaba la verdad: Stephen era el hijo y único heredero de Anglophone.

"¿Algo interesante?", le preguntó su mujer, Viveca.

"En absoluto", respondió Stephen mientras lo arrojaba al fuego.

La feliz pareja se sentó junta en el sofá mientras su hija Rebecca leía un libro.

Cita

"La señora alcaldesa se quejó de que el potaje estaba
frío;
'Y todo largo de su fiddle-faddle,' quoth ella.
Entonces, Goody Two-shoes, ¿qué más da?
Aguanta, si puedes, tu cháchara, dijo él".
CHARLES COTTON

Palabras del autor

Queridos lectores,

Gracias por leer El secreto de Ribby. Espero que hayas disfrutado leyéndolo tanto como yo escribiéndolo.

El Secreto de Ribby empezó como un Relato Corto en 2011. La historia terminó cuando Ribby escupió en la bebida de Martha.

No pasó mucho tiempo hasta que Angela empezó a hablarme. La ignoré, diciéndole que el proyecto estaba terminado, pero ella insistió.

Entonces apareció Theodore Anglophone.

Ocho años después, aquí estamos.

Me gustaría dar las gracias a mis correctores y lectores beta, que han sido muchos a lo largo de los años. Por último, pero no por ello menos importante, gracias a mis editoras finales, LF y MC.

Gracias también a mi marido y a mi hijo, por estar siempre a mi lado.

Como siempre, ¡feliz lectura!

Cathy

Sobre el autor

Cathy McGough, autora ganadora de varios premios, vive y escribe en Ontario, Canadá, con su marido, su hijo, sus dos gatos y un perro.

Si quieres enviar un correo electrónico a Cathy, puedes ponerte en contacto con ella aquí:

cathy@cathymcgough.com

A Cathy le encanta saber de sus lectores.

También por:

FICCIÓN
El hijo de todos
13 Relatos Cortos (que incluyen:
*El Paraguas y el Viento
*La revelación de Margaret
*Vino de diente de león (FINALISTA DEL PREMIO AL
LIBRO FAVORITO DE LOS LECTORES))
Entrevistas con escritores legendarios del más allá
(2º LUGAR MEJOR REFERENCIA LITERARIA 2016
METAMORPH PUBLISHING)
Diosa de tallas grandes
NO FICCIÓN
103 Ideas Para Recaudar Fondos Para Padres
Voluntarios Con
Escuelas y Equipos (3er LUGAR MEJOR REFERENCIA
2016 METAMORPH PUBLISHING.)
+
Libros para niños y jóvenes.

Milton Keynes UK
Ingram Content Group UK Ltd.
UKHW011909060524
442290UK00001B/85